赵庆元/编著

三国人物攻略

SANGUORENWUGONGLüE

诸葛亮

ZHUGELIANG

与英雄一一“握手”，研习智慧谋略；
涵养从容气度，睿智面对生活。
有道是：少必读《三国》！

全国百佳图书出版单位
时代出版传媒股份有限公司
黄山书社

图书在版编目（CIP）数据

三国人物攻略·诸葛亮 / 赵庆元编著. —合肥：黄山书社，2013.3

ISBN 978－7－5461－3487－1

Ⅰ. ①三…　Ⅱ. ①赵…　Ⅲ. ①历史故事－作品集－中国－当代　Ⅳ. ①I247.8

中国版本图书馆 CIP 数据核字（2013）第 052198 号

三国人物攻略·诸葛亮　　编　著：赵庆元

出 版 人：任耕耘　　责任编辑：张向奎
责任印制：李　磊　　装帧设计：自然卷

出版发行：时代出版传媒股份有限公司（http://www.press－mart.com）
黄山书社（http://www.hsbook.cn/index.asp）
（合肥市翡翠路 1118 号出版传媒广场 7 层　邮编：230071）
经　　销：新华书店　　营销部电话：0551－63533762
印　　制：三河市杨庄双菱印装厂　　电　　话：0316－3650395

开本：787×1092　1/16　　印张：12　　字数：140 千字
版次：2013 年 7 月第 1 版　　2013 年 7 月第 1 次印刷
书号：ISBN 978－7－5461－3487－1　　定价：24.00 元

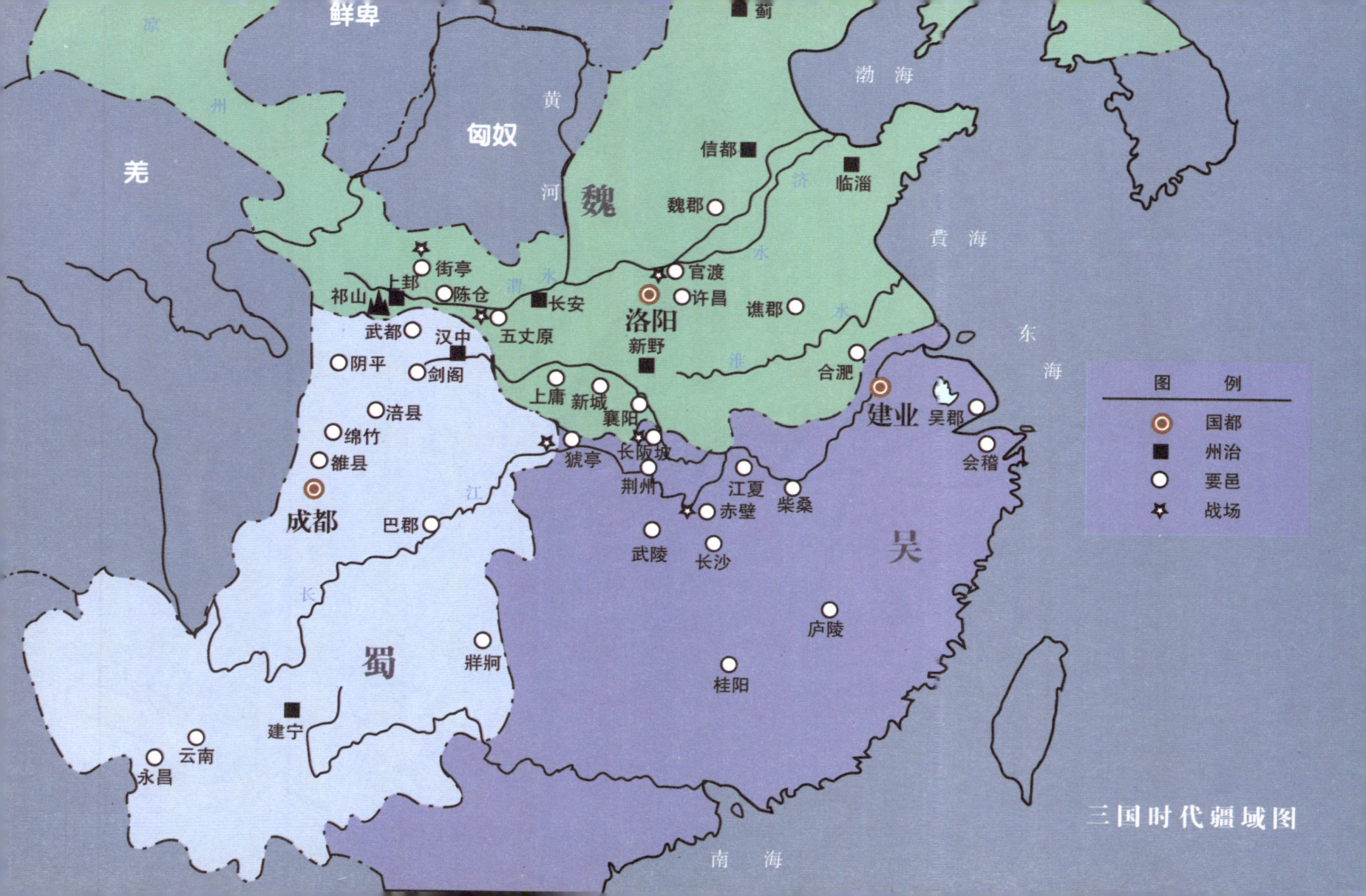
图例
国都
州治
要邑
战场
鲜卑
匈奴
羌
凉
州
黄
河
魏
蓟
信都
临淄
魏郡
渤海
黄海
东海
南海
济
水
渭
淮
江
长
官渡
许昌
洛阳
谯郡
新野
合肥
街亭
上邽
祁山
陈仓
长安
五丈原
武都
汉中
阴平
剑阁
上庸
新城
襄阳
长阪坡
猇亭
荆州
江夏
柴桑
赤壁
武陵
长沙
庐陵
桂阳
建业
吴郡
会稽
吴
涪县
绵竹
雒县
成都
巴郡
牂牁
蜀
建宁
云南
永昌

三国时代疆域图

蜀

少必读《三国》

少不读《水浒》——血气方刚，戒之在斗。

老不读《三国》——饱经世故，老奸巨猾。

喔，那么少该读什么？

少年必读《三国》！

少必读《三国》，能让我们获得深沉的历史感。透过历史，我们可以窥见王朝的兴衰更迭，征讨血战；可以知晓历史事件的波诡云谲，风云际会；可以仰慕历史人物的音容笑貌，风采神韵。历史，让我们和古人"握手"，给我们茫不可知的人生以种种启迪。在历史的长河里，我们能判断现在的位置，明白我们发展的方向。有历史感的人，在行事上常常会胜人一筹，因为古人已为他们提供了足够的经验。

少必读《三国》，能让我们学习古人的处世方式。现在，我们

正值青春年少，活动的范围早已不仅仅局限在家庭和学校中，一个更广阔的社会出现在我们面前。从此，在社会中，我们将独立面对形形色色的人和事。从《三国》中，我们可以习得古人的处世之术。例如刘备，论文韬武略皆不如曹操、孙权，但他却善于知人、察人、用人，他对关、张用桃园结义之法，对孔明则三顾茅庐，对投降的赵云、黄忠也大加重用，正是有五虎上将对他的拥戴，才使他称雄一方。试想，他若摆出主公的骄横霸道，还会受到部下的衷心拥护吗？

少必读《三国》，可以让我们研习古人的谋略。“凡事谋在先”，在《三国》中，大到对天下大事的分析，小到对一场战事的周密安排，无不反映出一千八百多年前古人的智慧。在赤壁之战中，没有周瑜的频施妙计，就不会有火烧曹军的辉煌战果；诸葛亮指挥的战役常能“决胜千里之外”，实际上也是他“运筹于帷幄之中”的结果。《三国》中的谋略博大精深，我们可以从中获得智力启迪，善于这些谋略，对不同的人和事采取不同的方法，我们一定能化解许多人生困境。

少必读《三国》，最重要的是能让我们涵养精神气质。在这些气质中，有经国济世的豪情，有临危不乱的镇定，有安贫乐道的操守，当然还有风流倜傥的潇洒。想想孙权，他刚掌权时只有十八岁，面对父兄创下的基业，他善用旧臣，巩固了政权；面对曹操压境的危势，他果敢决策，击退了顽敌。再联想现在的我们，是不是常有些心智稚弱，做事莽撞，缺乏恢宏从容的气度呢？阅读

《三国》，可以让我们成为光明磊落的君子，而不是畏畏缩缩的小人。一部三国征战史也就是一部人才的斗智史，在《三国演义》中，有各种各样的人，有的人貌似强大却“羊质而虎皮”，有的人貌不惊人却有“救世之才”，有的人内含机谋却不动声色，有的人胸无点墨却自作聪明……对照他们，反观自己，可以判断自己是哪一类人，可以知道怎样来充实自己……

所以，我们在少年时期一定要读一读《三国》。但是，应当怎么样读呢？《三国演义》虽然在当时被认为“言不甚深，语不甚俗”，但我们现在来读已经颇为吃力了。再加上《三国演义》中人物众多，关系复杂，我们常会看得一头雾水。遍寻大小书店，各种版本的《三国演义》虽然不计其数，但真正适合少年阅读的《三国》故事却难以觅得了。因此，这套《三国人物攻略》

就是专写给青春年少的你，我们希望你能从中获得新鲜的阅读经验。

在《三国人物攻略》中，我们以新的编辑角度切入。《三国演义》中的人物成百上千，这套书仅选取了刘备、关羽、张飞、诸葛亮、曹操、司马懿、孙权、周瑜八人，不仅是因为这八人在历史中“戏份”较多，而且还在于他们性格殊异，形象丰满。我们企望以人物为主线来勾勒三国的历史全貌，对人物的丰功伟业也有更全面的了解。在编辑时，我们注重设置“历史场景”，回溯时光，把人物重新推回历史舞台之中，推到事件的紧要关头前，来看看他们是怎样周详安排、从容调度、化解危机的。或许你玩过“角色扮演”的电玩游戏，那么我们希望你在阅读这套书时，把自己想象成书中的主人公，想想自己在彼时彼景中，会怎样处理这一切事情。亦读亦思，从更深的层次上来体验古人的精神生命，是我们编辑的用心。

在编排人物故事时，我们力避重复。但是，一个重大的历史事件常常会同时涉及这八个人物，为了交代事件的前因后果，不得已会重复某些片段。从另一个方面讲，分别以不同人物的眼光来看待同一个历史事件，是非功过皆在其中，也是别有一番趣味的。

在人物故事内容上，我们以《三国演义》为蓝本，还采信了《三国志》中的诸种说法，在文学与历史间作微妙的平衡，既使人物故事起伏跌宕，又使历史事件完整真实。

少必读《三国》。在《三国人物攻略》里，我们将有一次愉悦的纸上电玩游戏，一次深沉的历史时光之旅……

人物简介——诸葛亮

诸葛亮是一个悲剧人物。

在《三国演义》中，由于作者罗贯中从以“拥刘反曹”为正统思想出发，对蜀国作了大量的描写，从桃园结义到蜀都称帝，刘备创业的每一步都介绍得十分详细，给人的感觉是蜀国非常强大。但实际上，蜀国却是三国中实力最弱的。蜀国虽有刘备之仁、孔明之智、关羽之忠、张飞之勇，再辅以众多良将谋臣，仍然难以摆脱覆灭的命运。这种命运，对“上通天文，下晓地理”的诸葛亮而言是十分清楚的，他知道以刘备的实力，最佳结果也只能是鼎足三分，所谓振兴“汉室”，只是一个遥远的梦想。就是在这样“知其不可为而为之”的悲剧氛围中，诸葛亮的智慧、忠贞、品行，才显得十分耀眼。

诸葛亮的智慧表现在政治、军事、外交各个方面。居隆中时，他未出茅庐便对天下大势了如指掌；始见刘备之时，便提出占据西蜀、联合东吴、北拒曹魏的长远战略；初出茅庐便在博望坡出奇制胜，以几千人杀败夏侯淳十万大军，树立了威信；赤壁鏖兵，他孤身至吴，机智权变，舌战群儒，驳斥了东吴的主和派，智激孙权，使其坚定抗曹决心；此后庞统死于落凤坡，关羽大意失荆州、身死麦城，刘备伐吴失败、病逝白帝城，都是由于没有听他的劝告，反衬出他的远见卓识。白帝城托孤以后，他力挽狂澜，安居平五路，七擒孟获，六出祁山，南征北战，无往不利。在与司马懿的对阵中，诸葛亮总是能审时度势，灵机应变，奇谋巧思，招招占先，而司马懿总是回回误算，屡屡中计，不得不赞叹诸葛亮是“天下奇才”。

诸葛亮的忠贞和他的爱国是有关的。他鞠躬尽瘁，死而后已，对蜀汉事业无限忠诚。他在刘备极端困难时出山相助，竭尽忠诚，才有三分天下的局面。刘备去世之后，他辅佐幼主，辛勤谋划，完成先主的遗愿，直至最后积劳成疾，星落秋风五丈原。这种忠贞实在感人至深，难怪杜甫会发出“出师未捷身先死，长使英雄泪满襟”的浩叹。

在个人品行方面，诸葛亮对自我的道德要求极高。他生活俭朴廉洁，出山之前，以躬耕为食；出山之后，他仍然过着淡泊生活。在弥留之时，他还强调，“臣死之日，不使内有余帛，外有盈财”。

总而言之，在《三国演义》中，诸葛亮集智慧、忠贞、仁信、坚毅、机敏于一体，是中华传统美德的化身，所以成为世人传诵的千古贤相。

主要人物表

诸葛亮 字孔明，蜀国丞相。他深怀韬略，神机妙算，辅佐蜀国两代君王，欲振兴汉室，却中途星陨。

181～234
出生地：琅琊郡阳都县
职　位：军师中郎将→丞相→武乡侯
所　属：蜀

诸葛瑾 字子瑜，诸葛亮的哥哥，吴国谋士，孙权多次想利用他劝诸葛亮归顺东吴、归还荆州，但却屡屡被不徇私情的弟弟婉拒。

174～241
出生地：琅琊郡阳都县
职　位：长史→中司马→大将军
所　属：吴

诸葛瞻 字思远，诸葛亮的儿子。蜀国后主时的大将，率兵抵抗魏将邓艾时，势危自刎。

227～263
出生地：？
职　位：射声校尉→尚书仆射加军师将军→行都护卫将军平尚书事
所　属：蜀

庞统　字士元，刘备的谋士，与诸葛亮并称“凤雏”、“卧龙”。随刘备功打雒城时，中箭而死。

179~214
出生地：襄阳郡
职　位：耒阳县令→军师中郎将
所　属：蜀

徐庶　字元直，诸葛亮的好友。他向刘备推荐，才使得诸葛亮最终出山。

？~？
出生地：颍川郡
职　位：右中郎将→御史中丞
所　属：蜀→魏

魏延　字文长，三国时期的蜀国大将。诸葛亮知其日后必反，在他去世之前，设计除掉魏延。

？~234
出生地：义阳郡
职　位：镇远将军→征西大将军
所　属：蜀

马谡　字幼常，因街亭失守，违军令状，被诸葛亮处斩。

190~228
出生地：襄阳郡宜城县
职　位：参军
所　属：蜀

刘禅　字公嗣，小名阿斗，刘备的儿子，三国蜀国后主。

207~271
出生地：？
职　位：太子→蜀王
所　属：蜀

三国人物攻略·诸葛亮

目录

魏
司馬

南阳美丈夫

《三国志通俗演义》里有这样一首诗：

> 堪爱南阳美丈夫，愿将弱主自匡扶。
> 片时妙论三分定，一席高谈自古无。
> 先取荆州兴帝业，后吞西蜀建皇都。
> 要知鼎足为形势，预向茅庐指画图。

诗中称赞的那位“南阳美丈夫”，就是名垂千古、老少皆知的诸葛亮。

诸葛亮，复姓诸葛，名亮，字孔明，东汉灵帝光和四年（公元181年）出生在琅琊郡阳都县（今山东省沂南县）。诸葛氏的祖先原姓葛，早在夏朝时，诸侯有葛伯，子孙以国为氏。春秋时，又有葛国，其后代也称为葛氏。秦朝末年，陈胜领导的起义军中有位大将叫葛婴，后来被无辜杀害了。陈胜失败后，刘邦和项羽争雄，项羽因败自刎，刘邦得胜后建立了汉朝，葛婴的孙子被封为诸县侯，他的后代就居住在诸县。以后，葛氏从诸县迁居阳都。因为这里已经有葛氏居住，诸县的葛氏想有所区别，便以“诸葛”为姓了。

诸葛亮的远祖诸葛丰，西汉元帝时当过同隶校尉（一种监察官）。父亲诸葛珪，东汉末年曾担任泰山郡丞。那时候，郡是地方行政区划中级别最高的，长官称为郡守，郡丞是长官的助手。诸葛珪娶章氏为妻，他们共生三男二女，长子诸葛瑾，次子诸葛亮，三子诸葛均。章氏去世比较早，诸葛珪疼爱子女，非常重视对子女的教育，渴望他们能早日成才。汉灵帝中平五年（公元188年）诸葛亮八岁时，诸葛珪因为怀才不遇、妻子病死等，心中郁郁不乐，一病不起，与世长辞了。诸葛亮父母双亡，兄妹几个靠叔叔诸葛玄接济度日。诸葛玄也是个多学博识、很有才华的人，先前也任过地方官吏，后来失掉官职，在家里闲居。这时，诸葛亮虽然还是个小孩子，但很听话，很懂事，从来不给叔叔惹麻烦，所以，诸葛玄也非常喜爱他。

一天，诸葛亮看到一位客人给叔叔送来一封信。原来，这信是叔叔的朋友袁术写的，内容是请诸葛玄到他管辖的豫章（今江西南昌）去当太守。诸葛玄在家闲居无事，生活负担又很重，又逢战乱，所以看完信，他考虑了一会儿，把诸葛亮兄妹叫到身边，说道："孩子们，现在家乡打仗，乱哄哄的，南方稍微平静一些，袁术写信来要我去任豫章太守，我已决定前往。现在瑾儿已长大成人了，就留下来看守门户吧，其他几个都跟我一起去。"就这样，诸葛亮离开自己可爱的家乡，随叔叔踏上了南下的艰难道路。

几经风雨，几多坎坷，诸葛亮跟随叔叔来到历阳（今安徽和县）。历阳属于袁术管辖，他的部下孙策在这里备战。袁术写信给孙策，让他好好接待从这里路过的诸葛玄。诸葛玄在旅店住下后，因天色已晚，叫诸葛亮上街买些吃的，明天一早好赶路。诸葛亮买好了东西，在回旅店的路上，正巧碰上了周瑜。周瑜得知诸葛玄、诸葛亮叔侄已到历阳，到旅店看望诸葛玄后，便邀请他一起去见孙策。周瑜是个很有心计，而且能深谋远虑的人，他从扩展孙策势力的愿望出发，千方百计要留下诸葛玄：但诸葛玄不愿失信于老朋友，坚持要去豫章。孙策和周瑜见他铁了心肠，没有办法，只好送上些礼物，派几名士兵护送他们启程。诸葛玄一家乘船溯流而上，经过十多天的风吹浪打，终于到达了目的地。

诸葛玄出任太守后，一家人总算是过了比较安定的日子。然而好景不长。诸葛玄当太守，是袁术自己任命的。后来朝廷又派朱皓来任豫章太守，私人违抗不了官方，诸葛玄只得让位，并决定沿江而上去荆州，投奔老朋友刘表。刘表虽然没有什么大本领，但为人还比较厚道，那时已是拥兵十万的一方头目了。他看到老朋友拖家带眷，从北方到南方，辗转几千里来到自己身边，非常热情，很快就给诸葛玄安排了一个官职。没想到官场斗争激烈，诸葛玄身为外乡人，老是受排挤、遭打击。无可奈何，他只有抹下面子，给刘表当幕僚，过着一种寄人篱下的生活。诸葛玄本来是想凭着自己的才华，仗着老朋友的关系，任个一官半职，施展自己的才干，实现自己的抱负，谁知一切都成为泡影。日子一天一天打发着，诸葛玄心中的忧愤也越积越多，郁闷成疾，不久便去世了。诸葛玄的死，对年轻的诸葛亮来说是一次极为沉重的打击。人海茫茫，举目无亲。诸葛亮将何去何从？

年轻的诸葛亮以惊人的毅力从悲痛中奋起。在刘表的援助下，买地造房，在襄阳（今湖北襄樊）城西的隆中定居了。隆中山清水秀，非常幽静，诸葛亮特别喜爱这个地方。他在这里边读书，边种地边治理环境，几年后，山山水水又是新面貌。来到这里的人都觉得山虽然不高，却很秀雅；地虽不广阔，却很平坦；树林不算大，却很茂盛；猿猴与白鹤亲密相处，互不侵犯；青松和翠竹如同朋友，相映生辉，真

的看也看不够。

山美，水美，人更美。诸葛亮在家难中度过少年时代，于漂泊中迎来青年时代。他渐渐长大了，成为一个引人注目的美男子。他身材高大，脸色红润，头上经常戴着青丝带编成的精美头巾，身上穿着用漂亮鸟羽制成的外衣，风度潇洒，气概非凡。他重视仪表美，更重视对知识的追求和行为修养的不断完善。小时候勤奋学习，长大后仍牢记父亲和叔叔的教导，刻苦读书，积累知识；同时方法灵活，讲究实用，不做书呆子。二十岁左右就已精通政治、军事、外交、管理；还懂天文、知地理、晓阴阳，成为知识渊博、才能非凡的人物。他常以先贤管仲、乐毅自比，别人则把他比作周朝的姜子牙、汉代的张子房，称赞他是“天下第一人”、“绝代奇才”。

诸葛亮在隆中还广交朋友，适应社会，发展自己。襄阳在东汉时是一个经济繁荣、豪强集中的地方。诸葛亮处隆中时，这一带较大的豪族就有庞、黄、蔡、蒯、马、习、杨等家，每个家庭都有代表人物。庞家有庞德公、庞统、庞林、庞山民等；黄家有黄承彦；蔡家有蔡瑁；蒯家有蒯越、蒯良等；马家有马良和马谡；习家有习祯和习珍；杨家有杨虑、杨仪和杨颐。庞、黄、习、马诸家关系都相当密切。同时，这里也可以说人才荟萃、群星灿烂：大学者司马徽、大书法家梁鹄、音乐家杜颙、发明家韩暨、诗人王粲，还有庞统、徐庶、孟公威、石广元、崔州平等。在长辈学者面前，诸葛亮虚心求教，态度谦和；与同辈学人为友甚密，常一处学习，“或驾小舟游于江湖之中，或访僧道于山岭之上，或寻朋友于村僻之中，或乐琴棋于洞府之内”。另外，他的二姐嫁给了庞德公的儿子庞山民；他本人又娶黄承彦的丑女儿为妻。本是年轻的姐弟三人相依为命、流落他乡，势孤力单，这样一来，情况大变了。诸葛亮以杰出的德才赢得了世人名流的信任和喜爱，以牢靠的人际关系网络开创了生活的新天地。

诸葛亮和黄承彦的女儿阿丑结婚后，有了一个温馨的家。不过，他没有沉醉在儿女私情中，经常和阿丑一起议论大事，共同探讨天文地理、韬略遁甲方面的学问，品评人物，砥砺志气。他家门上写的对联是：“淡泊以明志，宁静而致远”。这副对联是诸葛亮身处隆中时的心理反映。他暂时“宁静”，目光却很远大；表面“淡泊”，心中却怀有大志。实际上，诸葛亮也想早日登上政治舞台，充分施展自己的才华，尽快实现理想和抱负，可是他毕竟是一个出类拔萃的超常人才，不愿轻易投靠庸碌无为、刚愎自用的主子。因此，他二十七岁时还在隆中隐居，自号“卧龙先生”。秀丽的隆中上空时常飘扬着这样的歌：

凤翱翔于万里兮，无梧不栖。
吾困守于一方兮，非主不依。
自躬耕于陇亩兮，以待天时。
聊寄傲于琴书兮，更有何迟。
展经纶于天下兮，开创磁基。
救生灵于涂炭兮，到处平夷。
立功名于金石兮，拂袖而归。

决策定三分

诸葛亮隐居隆中，翘首期待明主。机会终于来了。刘备在荆州和刘表一起吃酒谈心，得知刘表的夫人蔡氏和蔡瑁姐弟二人想暗算自己，假装去厕所，偷偷骑上“的卢马”，一跃三丈，过了檀溪。脱险后，他慢慢到了南漳（今湖北南漳），在一个放牛娃的引导下，见到了当时襄阳一带最有名望的大学者。这个人复姓司马，名徽，字德操，道号“水镜先生”。因为诸葛亮曾由人介绍，到他家为学生讲了两个月的课，学生非常满意，所以他很了解和喜爱诸葛亮。司马徽帮助刘备分析了失败的原因后，向他推荐了两个人，这就是伏龙和凤雏；并且强调说：“两人得一，可安天下。”然而，他并不说明谁是伏龙、谁是凤雏，把刘备心里惹得痒痒的。后来，刘备又结识了诸葛亮的好友徐庶。相处一段时间，徐庶对刘备的印象非常好，两人分别时，徐庶十分认真地向刘备推荐了诸葛亮，劝刘备一定要亲自去请这位了不起的“卧龙先生”；并明确指出：凤雏，是襄阳的庞统；伏龙，指的就是诸葛亮。刘备准备好礼物，正要去拜请诸葛亮，司马徽以探访徐庶为名，又一次介绍了诸葛亮的才华、智慧和品行，把他比作兴周八百余年的姜子牙和旺汉四百多载的张子房。由于司马徽和徐庶的三次推荐，雄心勃勃的刘备知道了诸葛亮这个小伙子的价值，懂得了他和自己事业间的利害关系，所以刘备下定决心，排除万难，谦恭三上卧龙岗，诚心要请出诸葛亮。

诸葛亮早听说刘备在社会上的好名声，徐庶又亲自给他介绍刘备的为人，劝他不要隐居下去了，抓住机会辅助刘备，以展平生大才。可是，诸葛亮没同刘备接触过，对他的志向、德行、才干等都缺少直接的了解，因此，当面发了老朋友徐庶一通火，认为他看轻了自己，把自己当成祭祀时用的牛、羊、猪等祭物一般。诸葛亮发火是发火，内心里也打着小算盘：刘备是个明主，不辅助他又有谁可以投靠呢？不如待刘备来见时，故意回避回避，摆点架子，考验考验再说。主意已定，做好安排，专待刘备来访。

这天，刘备带着关羽和张飞等，真的来到了隆中。他们勒马瞭望，忽听一阵歌声传来：

苍天如盖地如棋，
人世纷纷争不息；
荣者安逸辱者劳，
隐居南阳醒未起；
……

刘备听后，便问田里的农夫这歌是谁创作的。农夫回答说：“是卧龙先生所作。”刘备高兴，忙问诸葛亮住所在哪里。农夫热情地给予指点后，刘、关、张三兄弟带着随从，来到了卧龙岗小树林中的茅庐旁，敲开柴门，有一聪明的小男孩出来迎接。他是诸葛亮的书童，知道刘备来意后，很有礼貌地回答说：“先生今天早上出去了，不知道什么时候回来。”刘备感到很失望，在关羽和张飞的催促下，只好返回。临行前，他对小童说："你家先生回来后，告诉他，刘备来访未见，改日再来。"

刘备心事未了，吃不好，睡不安。忽然打探消息的人来报说："卧龙先生回到家中了。"刘备立即命令备马，火速前往。张飞说了几句怪话，流露出不想去的意思，刘备把他教训了一顿，说他不懂得敬重大贤的道理。说完，就上马前往拜访诸葛亮。当时正值隆冬，行不几里，天降大雪，纷纷扬扬，眼底全是银白色的世界。刘备不畏天寒地冻，一心一意去拜访诸葛亮。在路旁酒店遇见了诸葛亮的好朋友石广元和孟公威，二位又向刘备微露诸葛亮深晓治国安民之术，无形中激励出刘备更大的热情，高高兴兴来到诸葛亮居住的茅庐。有童子接入，至中门，一眼看到了门上的对联，上写道："淡泊以明志，宁静而致远。"刘备欣赏品味，不觉陷入思索陶醉之中，口中连连赞叹说："好，好，高雅不俗，千古名言！"忽然一阵清脆的歌声打断了刘备的思索，耳际响着："凤凰翱翔于千仞高空，非梧桐不肯栖息；大贤人隐居于小野茅庐，非圣明君主不肯相依。在山间田亩中耕读啊，舒心养性；靠攻读和弹琴打发时光哟，等待机遇。"歌声初落，刘备连忙上前施礼说："刘备久慕先生大名，无缘相会；上次来访不遇空回，今日幸会，得满足矣！"草堂上那位吟唱的小伙子连忙还礼，口中说道："将军，您可能就是刘豫州，要见我哥哥诸葛亮是吧？"这位好学的青年，就是诸葛亮的弟弟诸葛均。刘备不知其中奥妙，一听口气不是诸葛亮，十分懊丧，有气无力地说道："唉，我刘备怎么缘分如此浅薄，来两次仍见不到大贤。"他真的还蒙在鼓里呢，不知道诸葛亮正在用计考察他。刘备来了两次，不能白白回去，向诸葛均讨来纸笔，随手写道：

孔明先生大鉴：

刘备久慕先生大名，两次登门拜访，都未得相见，实在太遗憾了！我身为汉朝皇室后裔，享受国家俸禄，眼见朝纲紊乱，奸臣误国，心胆俱裂。我有济困扶危之心，实无经天纬地之才。诚望先生以仁慈忠义之心，施展宏图大略。如此，天下大幸，国家大幸。

先此布达。改日我将斋戒沐浴，再专程前来拜见尊颜，聆听教诲。

刘备偕二位兄弟冒雪而回，心中怏怏不乐。诸葛亮回来，看过刘备留下的信，心中乐滋滋的，立即准备实施下一个计划。

刘备带着关羽、张飞，真的第三次来到了茅庐门前。这次诸葛亮没回避，可是他在床上装睡不肯起来。刘备走到他床前，恭恭敬敬站了很久，他还是装不知道。看来真没礼貌，好气人哟！张飞忍受不了，怒气冲冲地说：“这个先生太傲慢无礼，我大哥站立阶下那么长时间，他竟然躺在那里装睡！等我去屋后放把火，看他起不起来！”诸葛亮听见张飞说要放火烧屋，心里有点紧张，又算到刘备和关羽会制止他，所以故意在床上翻个身，又挨了一阵子才装作醒来，躺在床上还吟诗一首：“大梦谁先觉？平生我自知。草堂春睡足，窗外日迟迟。”诗念完了，翻过身来问童子说：“有俗客来吗？”童子忙答：“刘皇叔在这里站着等候多时了。”这时诸葛亮装作对不起的样子，一边批评书童报告太迟，一边到后边屋里换衣服，慢慢腾腾的，又拖延了好一会儿才出来迎接刘备。其实，诸葛亮不是个白天睡懒觉的汉子，他的做法只是要借此造出一种情势，吸引对方重视自己的价值，

不可小看自己，显示他高明的外交才能和艺术。

诸葛亮出场了，他的风度一下子吸引住刘备。二人叙礼已毕，刘备心情迫切，想单刀直入。诸葛亮不慌不忙，只作谦恭推让，实际是他沉着、稳重的表现。他身处乱世，接待的对象又是帝室后裔，新识初交，其人其心到底怎样？总得有个直接观察了解的过程。当刘备以谦逊诚恳的态度谈完自己的理想和志向后，诸葛亮很受感动，开始分析天下形势，为刘备策划、制定夺取天下的宏图方略。他说："自从董卓作乱以来，天下豪杰并起，占城夺地，割据一方。曹操各方面的客观条件虽然比不上袁绍，最后却把袁绍打败了，这不仅仅是天时对曹操有利，而是在人的谋略和智慧。现在曹操已拥兵百万，又有假借皇帝的名义命令诸侯的便利，确实无人敢和他争高低。孙权占据江东，已经历了三代，加上地势险要，民心归附，有才能的人愿意为他效力；因此，只可同他联合，不能去谋取他。"诸葛亮见刘备在聚精会神地听，稍停一会儿，又接着说道："荆州这片地方，北有汉水和沔水，南可通达南海郡，东南可连接吴郡、会稽郡，西可通往巴郡与蜀郡，是个用武的好地方；可惜刘表无能，没法守住它。对将军来说，这是天赐的好机会，不知您是否有意去占领？益州地势险要，沃野千里，人称天府之国，汉高祖刘邦就是靠那块地方成就了帝业。然而现在占据益州的是刘璋，此人昏庸无能，北面又受张鲁的威胁，他尽管暂时拥有众多的百姓和富饶的资源，却不懂治理，难以安定。那里有才干的人都渴望能有一个贤明的君主。将军是汉朝皇室后代，声誉传播四海，收揽英雄，思贤若渴，如能占据荆、益二州，凭险设防，对西边和南边的戎、越人采取安抚政策，保持友好关系；对外结好孙权，对内修明政治，待形势一有变化，

就可命令得力将领率荆州的军队进攻宛城（今河南南阳）和洛阳，您自己率益州军队直出秦川（今陕西南部）。到那时，老百姓能不带着好饭美酒来欢迎您吗？果真如此，衰败的汉室就可以复兴了。”说到此，他命书童取出一幅地图，挂在中堂上，指着地图对刘备说：“将军要想成就大业，北让曹操占天时，南让孙权占地利，将军可占人和。先取荆州为家，后取西川建基业，以成鼎足之势，然后可图中原。”刘备听完这席话，心花怒放，站立拱手感谢诸葛亮说：“先生高见，使我茅塞顿开，真如拨去云雾见青天。如先生不嫌我名微德薄，恳请出山相助，我好及时聆听教诲。”

诸葛亮推辞了一阵子，见刘备泪如泉涌，至诚相请，心想辅佐刘备可以得到如此信任和尊重，又能够施展自己的才智和抱负，也就诚恳地表示：“将军既不相弃，愿效犬马之劳。”他喊来弟弟诸葛均，交代完家事，随同刘备离开了隆中。这一年，他刚刚二十七岁。

初出立奇功

诸葛亮来到刘备军中，刘备像对待自己的老师一样，吃饭一桌，睡觉同床，一天到晚谈论天下大事。不久，诸葛亮对刘备说：“曹操在冀州训练水军，必有南下侵犯的企图，可以派人前往探听虚实。”同时集中精力去调查研究、训练军队。他训练军队的方法主要有五种：一是使用眼力，练习根据旗帜指挥的变化，纵横穿插的方法；二是使用耳力，练习听从鸣锣击鼓的指挥声响，前进或撤退；三是使用心劲，练习接受严厉的刑罚、奖赏的好处；四是使用手功，练习使用兵器，为战斗作准备；五是使用双足，练习转身回避，快跑慢走的队列，前进后退的要求。这种称为“五教”的训练法规，效果很好，经过几个月的实施，刘备的军队素质更大有提升。一天，诸葛亮来见刘备，看他正在用牛尾毛结帽子，便厉色发怒问道：“主公的远大志向怎么一点也没有了，竟在这里干这种事情？”原来诸葛亮派人侦察得知，曹操认为刘备在新野（今河南新野南）整天训练军队，时间长了，必然后患无穷，决定要早早出兵消灭刘备，并且命夏侯惇为都督，于禁、李典、夏侯兰、韩浩为副将，领兵十万，直抵博望城（今河南方城西南），以窥测刘备在新野的动向。军情紧急，诸葛亮要同刘备商量对策，见刘备像闲而无事似的，所以发火了。其实刘备也在思考大事，听完诸葛亮

的话，连忙招募民兵三千人，由诸葛亮朝夕教演训练，应对敌军。刘备找关羽和张飞商量如何迎敌，张飞当时因刘备太过礼遇诸葛亮而不肯去，刘备说：“智赖孔明，勇需二弟，如何推托？”刘备随后请诸葛亮商议作战方案。诸葛亮首先向刘备提出：“我怕关羽、张飞二人不听号令，主公如果让我指挥军队，请求主公授剑印。”刘备立即把剑印交给了诸葛亮。

诸葛亮领了剑印，开始调兵遣将，命令：“博望之左有山，名为豫山；右有林，名为安林，可以埋伏军马，云长（关羽的字）可引一千军往豫山埋伏，等敌人到来，放行不打；他们的粮食等军需物资，肯定都在后面，只要看到南边火起，可纵兵追击，焚烧敌人粮草。翼德（张飞的字）可引一千军去安林背后山谷中埋伏，看到南方火起，就出兵去博望城旧屯粮草之处放火焚烧。关平、刘封带五百士兵，预备点火材料，到博望坡后两边等候，待一更天时敌军来到就放火。”还命令：“去樊城（今湖北襄樊汉水北岸）调回赵云，担任前部，不要赢，只要输。请主公自引一军为后援。各位将领必须依计而行，不得有误。”话音刚落，关羽和张飞顿感迷惑，便一齐起哄，一个说：“我们都去迎敌，不知军师自己干什么？”一个说：“我们都去杀敌，你在家里清闲，是何道理？”诸葛亮威严地说：“剑印在此，违令者斩！”众将依令而去，心里都很困惑，这位年轻的军师到底本领如何？

天色已晚，浓云密布，又无月光；夜间起风，愈刮愈大。夏侯惇的军队只顾赶来，突然背后喊声大震，一派火光烧着，霎时，四面八方全是大火，风助火势，火长风威，愈烧愈猛。曹操的人马自相践踏，死者不计其数。夏侯惇、李典、于禁等狼狈逃窜，夏侯兰被张飞一枪刺于马下。只有夏侯惇收拾残军，逃回许昌。这一仗以少胜多，打得相当漂亮。关羽和张飞两人都惊叹不已，称赞道：“诸葛亮真英杰也！”

曹操见夏侯惇等人吃了败仗，怒火中烧，决定亲率五路五十万大军报仇雪恨，要扫平江南。诸葛亮算准曹操要走这步棋，劝刘备乘刘表病危之机，夺下荆州，作为安身之地，刘备坚决不肯。后来，刘表一死，蔡夫人等立刘琮为主，曹操大军还未到，蔡夫人、刘琮已表示投降，把荆州献给了曹操。

诸葛亮和刘备正在议事，探马飞报曹操军马已到博望了。在这危急关头，诸葛亮对刘备说：“主公宽心。前番一把火，烧了夏侯惇大半人马；现在曹操又来，我还叫他中这条计。我们在新野住不下去了，不如早早去樊城。”转移计划决定之后，他又派人在城的四门张贴告示，动员百姓：“不论男女老少，凡是愿意跟随的，今天就和军队一块去樊城，暂时回避敌人，千万不要自己耽误了自己的事。”他先派孙乾去调拨船只，救济老百姓；又差糜竺护送各位官长的家属到樊城。然后调兵遣将，命令关羽带一千士兵去白河上游埋伏，各带布袋，多装河土，遏止白河的流水，到第二天半夜时分，只要听到下游人喊马叫，便撤除布袋，放水淹敌，军士顺水冲杀，接应其他军队。又命令张飞带一千军士去博陵渡口埋伏，这里水势最缓，曹军被淹，必然从这里逃难，到时乘势杀来接应。又命令赵云：“你带三千军士，分为四队，自领一队伏于东门外，另外三队分别埋伏在西、南、北三门；事先要在城内搬空的民房上，多藏硫磺焰硝等引火之物，曹军入城必在民房休息；第二天黄昏后，必有大风，但看风起，便令西、南、北门的伏兵一起把火箭射入城内，待城中火势大起，便在门外呐喊助威，只留东门放敌外

逃，你在东门外从后面追击他们，天明时会合关、张二位将军，收军回樊城。”最后，命令糜芳、刘封二人：“你们带二千军士，一半打红旗，一半打青旗，去新野外鹊尾坡前屯驻，一旦曹军到来，红旗军走在左边，青旗军走在右边，敌人心中怀疑，一定不敢追赶。你们就分别埋伏起来，看见城中火起，就奋起追杀败兵，而后到白河上游接应。调兵遣将结束，诸葛亮和刘备谈笑着登上高处，观看各路将士战斗，等候捷报传来。

当天晚上，曹军果真住进了新野城。曹仁、曹洪等人一见城中空虚，洋洋得意地断定是刘备、诸葛亮势孤力穷，吓得带着百姓们逃跑了。他们哪里知道自己已经钻入了诸葛亮设下的圈套。曹兵又累又饿，进城后都忙着占房做饭。曹仁、曹洪等住进新野县衙内，安稳地歇息去了。刚到一更时分，狂风大作，城中火起，开始时，曹仁还认为是士兵做饭，不慎失火，后来，满城火起，上下通红，才知道又中了诸葛亮的计，连忙带着军队冒烟突火，夺路逃跑。这时诸葛亮派出的各路军马，按照原计划主动出击，关羽放水，赵云点火，张飞截击，真是“城内才看红焰吐，水边又遇黑风来”。曹仁仓皇逃跑，许褚夺路奔回，军士死伤惨重。

曹操又吃了一次大败仗，捶胸顿足大骂道：“诸葛亮这小子胆大妄为，竟敢这样对待我曹操！”立即下令，催动三军，漫山遍野，全部到新野下寨，派军士一面搜山，一面填塞白河，分大军为八路，一起开赴樊城。

诸葛亮深知敌我双方力量悬殊太大，如果和曹操的军队死打硬拼，肯定惨败一场。于是，他劝刘备退走，暂时回避，保存实力。刘备听从，便放弃樊城，去取襄阳。来到襄阳城下，蔡瑁、张允令军士放箭乱射，不给进城。虽有魏延

斩将开门，迎刘备、诸葛亮的军队入城，可是引起了魏延和文聘的一场大战。刘备看见这种情形，伤心地说："我本来想保护百姓，反而伤害了百姓，不能再进城了，走吧！"诸葛亮建议去江陵，暂取那块地盘作为立足之地。他们带着数万百姓，一天只能走十里路左右。曹操追兵在后，刘备带着百姓行动缓慢，诸葛亮决定派遣关羽去江夏（今湖北武昌西南）向刘琦求援，刘备同意。关羽一去多日，没有回音。刘备心急，让诸葛亮亲自出马，再去一趟。

诸葛亮来到江夏，见过刘琦。当年刘琦家中闹矛盾，他的继母怀恨他，老是想除掉他。诸葛亮曾献计救了刘琦。刘琦非常感谢诸葛亮的救命之恩，一直想回报他，就是没有适当的机会。这下子可好了，诸葛亮亲自来到江夏，他恭敬热情地招待诸葛亮，并且遵照诸葛亮的意见，亲率江夏之兵，直达汉津（今湖北汉阳东）救援叔叔刘备。诸葛亮派关羽带领一万军马先去汉津登陆接应刘备，又让刘琦率众直达汉津，他自己绕道夏口（今湖北武汉汉口），尽起大军，向汉津进发。

刘备死里逃生，来到汉津，同诸葛亮、关羽、刘琦欢聚一起，共商破曹之计。诸葛亮说："夏口城坚固保险，藏粮较多，可以长期坚守。主公应该到夏口屯驻。公子刘琦可以返回江夏，整顿战船，收拾军器，两地分守互援，可以抵抗曹操；如果大伙全部去江夏，居守一地，就太被动不利了。"刘琦想让诸葛亮和刘备去江夏整顿军马，又补充了诸葛亮的意见。商议停当，暂留关羽带兵五千守夏口，诸葛亮和刘备、刘琦共赴江夏，训练军马，准备迎接新的战斗。

舌战压群儒

诸葛亮和刘备、刘琦在江夏整顿军马，消息很快传到了曹操的耳朵里。曹操听从荀攸的建议，决定派人速送信给孙权，约定合兵攻打江夏、共擒刘备、平分荆州、永结盟好。曹操聪明，孙权不呆，诸葛亮更不傻。孙权认为曹操明约合作，暗想一举两得，所以既有些畏惧，又不愿意与他联手，他很赞同鲁肃的看法：派鲁肃去江夏，劝刘备安抚刘表的军士，孙刘联合，同心一意，共破曹军。

结果，英雄所见略同，诸葛亮对刘备和刘琦说："曹操势力太大，暂时无法抵抗，不如去投靠东吴孙权，作为策应，使曹操和孙权相持战斗，我们静观以待，坐收渔翁之利。"刘备担心地问道："江东有很多了不起的人物，虑事深远，怎肯和我们合作呢？"诸葛亮劝解道："主公，现在曹操率百万之众，虎踞江汉，孙权能不派人来打听虚实吗？只要孙权的使者来，我就和他一起乘船去江东，靠说理联合孙权，让他和曹操拼斗去。"正在商谈中，忽然人报："江东孙权差鲁肃前来吊孝，船已靠岸了。"诸葛亮会心一笑，说："天助我呀，大事可成。"接着又问刘琦，以前孙刘两家是不是有类似的交往，然后判断鲁肃来的目的就是探听军情。只见他和刘备小声讲了几句，然后躲到一边去了。

刘备按照诸葛亮的方案，热情接待鲁肃，三言两语，把鲁肃的胃口吊起来了。鲁肃执意要会见诸葛亮。诸葛亮和鲁肃见面，相互施礼问候，鲁肃试探性地问道：“现在形势危急，您和刘皇叔打算怎么办？”诸葛亮知道鲁肃是老实厚道的人，又很有才干，这次也是一片好心而来，但是他又不愿让鲁肃看轻自己，所以真心话暂时放下来不提，把假话当真话说：“刘皇叔和苍梧太守吴臣是老朋友，我们准备去投靠他。”鲁肃听后，连忙劝道：“吴臣是个平凡没见识的人，地处边远，不知道哪天就可能被人消灭掉，为何要依附他呢？我们孙将军聪明仁惠，敬贤礼士，江东的英雄豪杰都愿意依附他，现在地有六郡，兵精粮多，完全能够完成大业。我认为，您不如动员刘皇叔去江东与孙将军结盟，共同抗曹，另图大业。”鲁肃看诸葛亮在思索，似乎有点疑虑，稍停一会儿，又接着说：“先生，您哥哥诸葛瑾现在是孙将军手下的重要参谋，深受孙将军信任，他很思念先生，总盼望着和您早日相见。我虽然没有什么本领，但愿意和先生一道去见孙将军，共议大事。”诸葛亮看话很投机，正是火候，立即跟刘备说：“主公，形势紧急，我愿奉命前往江东。”诸葛亮告别了刘备、刘琦，和鲁肃登船启程，向柴桑郡（今江西九江西南）进发，开始了他平生第一次重大外交活动。

诸葛亮和鲁肃来到柴桑郡，鲁肃先送诸葛亮到旅馆休息，自己去孙权处汇报情况。这时，孙权已看罢曹操的来信，正在召开文武大臣的会议，商量如何对付曹操。会议气氛非常紧张，谋士们多数主张投降，而武将们一致请求战斗。孙权正在深思，未下决心。鲁肃向孙权简要报告情况后，提出了自己反对投降的看法，孙权很高兴。鲁肃乘机告诉孙权：“我去江夏，把诸葛瑾的弟弟诸葛亮带来了，这个人有经天纬地之才，主公可以和他谈谈，定能弄清曹军虚实。”孙权听说卧龙先生就在柴桑郡，兴奋地站起来，拉着鲁肃的手说：“好啊！今天已晚，让卧龙先生好好休息，明天再同他相见。相见时让文武大臣全部参加，先叫他看看咱们江东的英雄俊杰，然后议事。”鲁肃领命来到诸葛亮的住地，给他提供了刚才知道的一些信息。两人分手后，诸葛亮默默思索着明天可能出现的情况，渐渐面带笑容安然入梦了。

第二天，诸葛亮在鲁肃的陪同下，来到议事大厅，一看，张昭、顾雍等一班文武二十多人，都衣帽整齐、端端正正地坐在那里等候了。诸葛亮很有礼貌地和各位相见施礼，然后坐在宾客的席位上。张昭等人一见诸葛亮神采飘逸、风度潇洒，就估计他是来游说的。张昭，字子布，彭城（今江苏徐州）人，是江东的第一大谋士。他带领文臣武将忠诚辅佐孙权，威望很高，讲话举足轻重。他凭着自己的才智和地位，首先发话，想给年轻的诸葛亮一个下马威。他说：“早听说先生居隆中时，常以管仲、乐毅自比，是真的吗？”诸葛亮答道：“确有此事。”张昭又说：“近日听说刘备三顾茅庐，请出先生，认为‘如鱼得水’，想靠您辅佐，一举夺下荆州、襄阳之地，现在反而都属于曹操了，不知您是什么看法？”诸葛亮见张昭话中带嘲讽意味，决定予以回击，并一定要压倒他，便答道：“我认为取那些地方，易如反掌。我主刘备重行仁义，不愿去夺同姓人的地盘，所以没有下手。刘琮小子无识无能，听信小人谗言，暗暗投降，曹操才得以猖狂。现在我主驻守江夏，另有新打算，庸碌之辈是无法理解的。”诸葛亮话音刚落，张昭又乘机加重语言的分量，对诸葛亮冷嘲热讽。诸葛亮觉得这老谋士倚老卖老欺人，实在不可礼敬，便付之一笑，口若悬河地说道：“大鹏展翅，腾飞万里，它的志向不是一般的小雀鸟可以知道的。

譬如一个人得了重病，必须先用稀粥喂他，让他服用性理缓和的药；待腑脏调和，身体渐渐恢复后，再用肉食补充营养，用性猛的药治理，这样才能除去病根，彻底康健。如果不等气脉和缓，就用猛药厚味，想求快快安康，结果反而坏事。我主以前在汝南（今河南鲁山县、宝丰县、叶县交界地区）打了败仗后，部下不过千人，军中仅有关羽、张飞和赵云几位大将，当时情况正如病人处于垂危时期，而新野地方偏僻，范围狭小，人少粮缺，主公投靠刘表仅是借地歇休，哪里是真的要安守一方呢？你想想看，尽管兵力物资不足，城池还不坚固，却能博望烧军营，白河淹兵士，使夏侯惇、曹仁之流心惊胆裂，我认为古代管仲、乐毅等用兵，也不过如此。至于刘琮投降，主公实出不知；并且又不想乘动乱之时夺刘姓同宗的天下，这真算是大仁大义的行为啊！又因主公见有数十万忠义的百姓扶老携幼相随，不忍心相弃，一天只走十里路，不愿强行进入江陵，甘心和百姓共存亡，这也算是大仁大义了吧！少不能敌多，这是人知常理。试想当年刘邦多次败于项羽，而垓下（今安徽灵壁城东）一战获胜，能说不是韩信出智谋的结果吗？众人皆知，韩信辅佐刘邦很久，并不是每战必胜。国家的大政方针，社会的安全稳定，是必须认真出谋划策的，非同儿戏。世上有些强词夺理的人，徒有虚名，自欺欺人，坐而论道，夸夸其谈，没有谁能比得上他；关键时刻，急需随机应变的时候，他又束手无策，一点本事也没有，像这样百无一能的人，真让天下人笑掉大牙了！”张昭在大难临头之际，畏惧害怕，力主投降，一听诸葛亮的这席话，觉得一针扎到心窝里，再也无话可说了。

诸葛亮舌战击败了张昭，心里稍微感到轻松一些。他双目四顾，看看有何动静，座上突然有一人大声问道：“现在曹操屯兵百万，列将千员，决心平吞江夏，你认为如何？”诸葛亮听了，一看是虞翻，轻松地回答说：“虞公不必多虑，曹操所收刘表的兵士，劫掠袁绍的军队，尽管数字不少，但人心未服，没经训练，也只是蚁聚之兵、乌合之众，虽有百万，不足畏惧！”虞翻不服气，冷笑着责怪诸葛亮失败了还说大话欺骗人。诸葛亮以对比的口气说：“我主刘备以几千仁义的士兵，怎能敌百万残暴的曹军？退守夏口，完全是为了寻找机会，并不是怯懦。现在你们江东兵精粮足，而且有长江这一险要地势作保障，还有人想让他的主子屈膝投降，真不怕天下人耻笑啊！两相比较，我主刘备根本不害怕曹操！”虞翻无话可说。

步骘一看江东谋士又吃败仗，极不服气，大声喊叫道：“诸葛亮，你是想模仿张仪和苏秦那样的说客，来劝说我们吗？”诸葛亮以平静的语调对他说：“步骘兄，你只知道张仪和苏秦是舌辩之人，却不知道他们也是英雄豪杰。他们都善于为人出谋划策，让人由弱变强。可不像有的人怕强欺弱，贪生怕死。你们啊，刚刚听到曹操威胁的话，就畏惧请求投降，还有什么资格嘲笑苏秦和张仪呢？”步骘被诸葛亮一番话驳得哑口无言，默然静坐在一边。

诸葛亮本来以为其他人不会再来惹麻烦，哪知薛综和陆绩又站出来逞强了。诸葛亮毫不客气，先厉声训斥薛综不懂“忠孝为立身之本”，出言不知敬父敬君，没有资格相互对话；后以长者口气教训陆绩，认为他的看法是“小儿之见，不足与高士共语”！薛综和陆绩羞惭无语，不能对答。

诸葛亮年轻，又是一个人到江东来，所以东吴的这帮谋士总想压倒他。虽然，先前上场的一一败下阵来，但没上场的还想战胜诸葛亮，挽回一下局势。果然严畯开口了，他一

方面认为诸葛亮谈话强词夺理，一方面寻根追柢，问诸葛亮“治何经典”？诸葛亮说：“寻章摘句，是社会上迂腐文人，怎能兴邦立事？”同时举例说明古代贤人，也并不是一生专门研究经书典籍；更强调读书人不能死守在书本笔砚之间，一个劲地数黑论黄，舞文弄墨，而没有一点实际的能力和水平。

诸葛亮话音刚落，程德枢大声问道：“先生只说大话，不知有没有实学，恐怕要惹读书人笑话你了！”谈到读书和真实学问，诸葛亮不仅不生气，反而还很感兴趣，所以他心平气和地对程德枢说：“所谓儒士，有君子和小人的区别。君子之儒，忠君爱国，守正恶邪，力争恩泽施于当世百姓，美名流传后世。如果是小人之儒，整天只知雕词琢句，年轻作诗写赋，老来坐论经书，虽然下笔洋洋万言，却没有一点解决实际问题的能力。你想想看，小人之儒再多，又有什么用处？”程德枢无言以对，其他人见诸葛亮对答如流，也尽皆失色。

突然，一人自外而入，对诸谋士厉声斥道：“诸葛亮为当今奇才，你们这班人以言词相难，对来客太没礼貌了。现如今曹军压境，不想退敌良策，反而在这里斗口！”说毕又转向诸葛亮说：“先生为什么不把高明远见的计策献给我家主公，白在这里和众人斗嘴？”诸葛亮回答说：“是他们不识时务，故意出题相难，我不能不答！”来者是东吴粮官黄盖，说完就和鲁肃一起带诸葛亮拜见孙权去了。

才智惊仲谋

诸葛亮随着鲁肃、黄盖一同去见孙权，刚到中门，正巧遇见了哥哥诸葛瑾。兄弟俩久别重逢，诸葛亮连忙施礼。诸葛瑾略带埋怨口气说：“弟弟既然来到江东，为什么不来见我？”在诸葛亮随叔叔南下时，诸葛瑾是被留下来看守门户的。不久，为了避乱，他离开山东老家，来到江东。因诸葛瑾很讲仁义，也很有才华，受到孙权的信任和重用。诸葛亮听完哥哥的话，马上解释说：“哥哥，我既然已经辅佐刘皇叔，理应以公事为重。现在公事还没办完，怎么敢先做私事呢？请哥哥原谅。”诸葛亮的话感动了哥哥。诸葛瑾非常动情地说：“弟弟做得有理，先忙公事去吧！等见过吴侯，咱们好好叙叙手足之情。”

路上，鲁肃再三叮嘱诸葛亮见到孙权时，千万不要说曹操势大，以免增加孙权的畏惧心理，诸葛亮点头答应。到了会客厅，孙权走下台阶来迎，以礼相待。诸葛亮心里很高兴，他施礼后，又转达了刘备对孙权的问候，并借机观察孙权的相貌和情态。只见孙权碧眼紫须，相貌堂堂。诸葛亮心想，对这样一位了不起的人物进行一般的劝说是没有用的，必须采用激将法，狠狠地激他一激。献茶过后，孙权向诸葛亮说道：“曾多次听子敬（鲁肃的字）谈过先生的惊人才干，今天有幸相见，非常高兴，请先生给予指教。”诸葛亮谦虚、客气了一番。孙权是个性急的人，单刀直挑正题，说："先生最近辅佐刘豫州（对刘备的敬称，因他曾任豫州牧），在新野和曹操决战得胜，肯定掌握曹军的虚实。"诸葛亮答道："刘豫州兵微将少，再加上新野城小粮少，怎能和曹操相持对抗呢？"孙权急忙问道："曹操兵力有多少？"诸葛亮见施行激将法的时机已到，脸上带着沉稳的表情说："马步水军一起，在一百万左右。"孙权惊诧，追问道："是撒谎诈人吧？"诸葛亮看看孙权，说道："并不是虚诈吓人，曹操在兖州时已有青州军二十万；平袁绍后得兵五十万；在中原收新兵四十万；现在又得到荆州军马约三十万；加在一起，总数超过一百五十万。我之所以说他有一百万，恐怕实说吓坏了江东的谋士们。"鲁肃听诸葛亮说了这些话，急得两手直冒汗，频频递眼色，想阻止诸葛亮。诸葛亮假装没看见，又告诉孙权说："曹操有大军一百五十多万，另外足智多谋的文臣和能征惯战的武将也有两千多人。"孙权听到这里，畏敌情绪又增加了不少，但没流露在表面上，他进一步探问道："现在曹操已征服荆、楚两地，他下一步还有什么打算吗？"诸葛亮说："曹军沿江下寨，准备战船，不想占领江东，还想干什么？"孙权忙说："假如曹操有吞并江东的打算，先生你看我是抗战好，还是求和好？"诸葛亮松了口气，微笑着说："我有一个想法，恐怕将军不肯听从。"孙权想尽快知道诸葛亮的意见，开口便道："愿听先生高见。"诸葛亮说："因为天下大乱，所以孙将军据守江东，刘豫州收领汉南，和曹操共争天下。现在曹操控制了朝廷，清除敌手，已平定大半个中国；目前又占领了荆州，威震海内。就算有英雄豪杰，也没有可以用武的地方，所以刘豫州才逃到这里。我劝孙将军量力而行：如果你觉得江东军马可以打败曹兵，就与他断绝联系，准备战斗；如果不行，就听你身边谋士的建议，收兵投降算了。”诸葛亮没等孙权开口，又说道：“孙将军你表面上表示听从，内心又疑惑不定，危急时刻不能从速决断，大祸将要临头啊！”孙权反问说：“如果像先生说的这样，那刘豫州为什么不投降曹操呢？”诸葛亮抓住话头，进一步刺激孙权说：“往日的田横仅为一位壮士，都能宁死不降，守义不辱，何况刘豫州是皇室的后代，又是世人敬仰的天下英杰呢？大事不顺利，是天意，怎能屈服在别人手下呢？”孙权听诸葛亮说这样的话，气得脸色都变了，虽没发大火，却很不礼貌地拂袖而起，退入后堂。

众人散去后，鲁肃责怪诸葛亮说：“先生你怎么这样说话，幸亏我家主公宽怀大度，没当众给你难堪。你刚才讲的话，也欺人太甚了！”诸葛亮笑着说：“怎么这样不能容人啊！我想好了破曹之计，将军不问，我当然不能主动告诉他。”稍停一会儿又说：“我看曹操的百万军兵如同群聚的蚂蚁一般，只要我稍微动一下手，就让他们化为粉末！”鲁肃听罢，到后堂告诉孙权。孙权怒气顿消，想到诸葛亮是故意用言词激他，便笑眯眯地走出来，请诸葛亮继续叙谈，并为刚才的举动向诸葛亮赔礼。诸葛亮也连忙施礼，检讨自己言语冒犯，请求孙权谅解。随后，孙权邀诸葛亮到后堂饮酒交谈，共议抗曹大事。几杯酒后，孙权向诸葛亮推心置腹说出了自己既不肯降曹又担心战而难胜的心里话。诸葛亮认真地分析道：“刘豫州虽然才吃了败仗，可是关云长还率有精兵万人；刘琦率领的江夏战士，也不少于万人。曹操的军队，长途跋涉，劳累不堪，近来追赶刘豫州，又昼夜兼程三百里，正像强力的弩箭到了射程终了时一样，连薄薄的丝绸也难以穿透了。另外，北方士兵多数不熟悉水战；荆州军民依附曹操，只是迫于形势，并不是真心投降。现在，孙将军如果和刘豫州同心协力，一定能打败曹军。曹操失败，必然向北逃跑。到那时，荆州和东吴势力强大，鼎足三分的形势便自然形成。成功与失败，就在今天，看将军如何裁处了。”孙权听后，极为高兴地说：“先生的一席话，让我全明白了！我主意已定，毫无疑虑，马上商议起兵，共同消灭曹操！”

诸葛亮智激孙权见效，消息刚一传出，又遇到了麻烦。以张昭为首的谋士们认为孙权中了诸葛亮的计，一个接一个去拜见孙权，劝孙权舍战求降，孙权疑惑不决。吴国太见孙权忧愁不安，便提醒他把周瑜请回来商量。哪知周瑜听说曹操大军已到江汉，便星夜赶回与孙权计议军机。鲁肃和周瑜关系最密切，他抢先来见周瑜，详细叙述了近日大事，周瑜说：“子敬不必担忧，我自有主张。可速请诸葛亮来见。”鲁肃上马而去。

晚上，人报鲁肃引诸葛亮来见。周瑜忙迎上门去。叙礼完毕，各自入座。鲁肃诚实，担心江东命运，害怕孙权采纳谋士们的意见，首先问周瑜：“现在曹操大兵压境，咱们内部有的主降，有的主战，主公决心未下，就等你表态了。请问你的态度怎样？”周瑜是决心抗战的，因为有诸葛亮在旁边，他不想说出真心话，假装非常认真的样子对鲁肃说：“曹操打着皇帝的招牌，势力强大，无法抵抗，如果抗战，肯定失败；假若投降，能保安稳。我决心主张投降，明天就去拜见主公，劝他投降。”鲁肃一听，顿时呆了。诸葛亮在旁边袖着手，听他们对话，只是冷笑不语。周瑜本来只是试探诸葛亮的，见他只笑而不语，便问：“先生为什么老是笑？”诸葛亮感到好机会来了，应该刺激刺激这个装模作样的骄傲人，于是答道：“我不笑别人，笑子敬太不识时务了！”鲁肃接受不了，正想反问为什么，诸葛亮接着说：“公瑾（周瑜的字）主张投降，是非常正确的。曹操善于用兵打仗，天下没有人能比得上他。以前还有吕布、袁绍、袁术、刘表敢和他拼一拼，现在这些人都被他消灭了，只有刘豫州还不识时务，决心和曹操对抗。周将军主张投降确实不错，可以保全妻子儿女，同享荣华富贵。至于国家兴亡嘛，那是上天决定的，不必费心！”鲁肃听完，生气了，训斥诸葛亮为什么要劝他的主公向曹操国贼投降。诸葛亮临场发挥，编造故事，一边安慰鲁肃，一边刺激周瑜。他说：“要让曹操退兵非常容易，不要牵羊担酒，不要送印献地，就派一个使者带两个人去就行了。”周瑜听着很对味，忙问：“带哪两个人去？”诸葛亮故作镇静地说：“曹操是个好色之徒，早听说江东乔家有两个女儿非常漂亮，姐姐叫大乔，妹妹叫小乔，他发誓要在统一天下后，把大乔和小乔占为己有，送到新建的铜雀台里，欢度晚年。周将军，你为什么不花些金银把这两个女孩子买来送给曹操呢？”

周瑜听到这里，差点把肚皮气破了。因为大乔是孙策的夫人，小乔是周瑜的妻子，所以他离开座位，手指着北方大骂道：“曹操老贼，欺我太甚！我与老贼誓不两立！明天见过主公，就商议发兵！”

诸葛亮用智先后激起了孙权和周瑜的抗曹决心，见此行目的已经达到，便同鲁肃辞别周瑜而去。

赤壁奏凯歌

诸葛亮舌战群儒，智激周瑜和孙权，以杰出的外交才能促成了联吴抗曹的统一战线。周瑜本是个多疑的人，见诸葛亮智慧超群，才能过人，正想劝他留下，同事东吴；但又恐将来成为江东之患，心里矛盾重重，便先派诸葛瑾去劝诸葛亮留在江东，辅佐孙权，但被诸葛亮拒绝了。从此，周瑜怀恨在心，并存心要谋杀诸葛亮。

这天，周瑜想玩弄借刀杀人的把戏，劝诸葛亮带兵去聚铁山断曹操的粮道。诸葛亮识破了周瑜的小聪明，却不肯伤两家的和气，所以先满口答应下来，然后再刺激周瑜，把酸果果还给周瑜吃。他故意在鲁肃面前说："我对水战、步战、马战、车战，样样精通，战无不胜，攻占聚铁山易如反掌。我可不像你和周瑜那样，只有一种本领。"鲁肃疑惑不解地说："我和周瑜怎么只有一种本领？"诸葛亮又说："我听说江南的儿童们常在嘴边讲：'伏路把关饶子敬，临江水战有周郎。'你只能在陆地上伏路把关，周公瑾只熟悉水战，陆战不行。"鲁肃就把这话告诉周瑜，周瑜哪能受得了，立即表示亲自带一万军马去聚铁山断曹操的粮道，不让诸葛亮去了。

诸葛亮看周瑜气量太小，不利于共同抗曹，又请鲁肃转告周瑜说："公瑾命令我去断粮道，实际上是想让曹操杀掉我。我故意开玩笑刺激他一下，他就受不住了。现在大敌当前，正是用人的时候，我总愿吴侯和刘皇叔同心协力，这样才能成功，如果你想害我，我想害你，一切就都完蛋了！”周瑜听了这席话，摇头顿足地说：“这个人智识胜我十倍，不除掉他，以后必然是我们国家的大祸害！”鲁肃再次重复诸葛亮的话说：“现在正是用人的关键时候，希望以国家大局为重，其他事等打败曹操以后再说。”周瑜听后，倒也佩服诸葛亮的高见，便把杀机暂时隐藏起来。

在周瑜主持召开的军事会议上，周瑜问诸葛亮：“马上要同曹军进行水路交战，先生认为当先要用什么兵器？”“在长江水面上打仗，弓箭是急需的兵器。”诸葛亮刚提出自己的看法，周瑜就顺便把这件事推给了诸葛亮。他说：“先生的看法，正合我意。可是现在非常缺少弓箭，麻烦先生监造十万支箭，用来对付敌人。这是咱们共同的大事，请千万不要推却。”同时，他限令诸葛亮要在十天内完成。

诸葛亮明知周瑜又在耍花招，想找借口害他，却也不推却，反说：“曹军即日就要打来，十天太长，会误大事。我看三天就足够了。”说罢，向周瑜立下军令状：“三天不办，甘当重罚。”周瑜认为诸葛亮主动钻进了自己的圈套，舒心地笑了。随后，密令军匠故意拖延，造箭所用的东西也不及时供应。

当日鲁肃来访，诸葛亮边责怪、边求援，请鲁肃借给他二十只船，每船要军士三十人，船上用青布蒙起来，一边安排五百个草把。并说：“只要保证这些条件，我第三天就可交箭十万支。此事务必不能告诉周瑜。”周瑜和鲁肃看诸葛亮一天不动，两天还不急，造箭用的竹子、翎毛、胶漆等材料也不要，都非常纳闷，不知道诸葛亮的葫芦里装的什么

药。第三天接近黎明的时候，诸葛亮秘密地把鲁肃请到船中。鲁肃不知道诸葛亮想干什么，有点惊疑，也有点畏惧。诸葛亮猜透了鲁肃的心态，笑容满面地对他说：“我专门请你和我一起取箭去。”

诸葛亮命令把二十只船用长锁链连在一起，快速向长江北岸进发。这天江面大雾漫天，对面不见人。天快亮时，船靠近了曹操的水寨。诸葛亮见雾气更浓，叫军士把船只头西尾东，一字摆开，然后在船上擂鼓呐喊。鲁肃见诸葛亮干出了这种事，又怕又急，忙问：“如果曹兵一齐出来，咱们怎么办？”诸葛亮笑着说：“子敬只顾吃酒，保你平安无事。你看这大雾笼罩江面，我料定曹操是个多疑的人，必不敢让军士出战的。来，干上一杯！等雾散了，咱们就回去。”曹操听到部下来报，传令说：“重雾迷江，彼军忽至，必有埋伏，切不可轻举妄动！”只是令弓弩手乱箭如雨地射，还派人去陆地兵营令张辽等将领火速派三千射手到江边助射。过一会儿，诸葛亮命令军士把船头掉转方向，继续擂鼓喊叫。他和鲁肃谈笑风生，又喝了两杯酒，看到每只船都密密麻麻地排满了箭。这时太阳已出，大雾已散，便下令开船返回，并让船上军士齐声大喊：“谢丞相箭！”这时，曹操突然醒悟，但已经晚了。诸葛亮不费江东半点之力，得到十万支箭。

鲁肃惊喜地说：“先生啊！你真是神仙了！怎么知道今天有大雾？”诸葛亮说：“作为将帅，应当多掌握知识，如果不通天文，不识地理，不知奇门遁甲，不晓得阴阳，不看阵图，不明兵势，那是庸才。我知道这些，经过长期观察，也掌握了江上气候变化的一些规律，所以已在三天前就算到今天有大雾了！”停了停，他又半似玩笑半似警告地对鲁肃说："我的命是上天安排的，你们大都督公瑾老是想害我，那怎么行！"鲁肃听后，非常佩服。

诸葛亮把十万支箭交给周瑜，周瑜惊得两只眼老大老大地直瞪着。稍稍安神后，他连声赞叹说："先生神机妙算，我不如啊！"后来，有人写诗赞扬诸葛亮说："一天浓雾满大江，远近难分水渺茫。骤雨飞蝗来战舰，孔明今日伏周郎。"

诸葛亮借箭后，和周瑜共同商定了"火攻"的作战方案，又登上七星坛，为周瑜实施火攻方案借来东南大风。周瑜更加畏惧和恼怒，他急得一边转圈一边说："这个诸葛亮太厉害了！他有夺天地造化之法，鬼神不测之术！如果他活着，就是东吴的祸根！我一定尽早杀掉他，免生以后的忧患。"说罢，即命丁奉、徐盛两员大将，各带一百人，快速赶到七星坛，不问长短，把诸葛亮杀掉，提着他的头来请功。对周瑜的这一手，诸葛亮早有防备，待丁奉、徐盛领兵由七星坛追到江边时，他已登上自家的船只，扬帆起航了。丁奉、徐盛还想追赶，诸葛亮站在船尾，笑着说道："两位将军回去吧，请告诉大都督：一定要好好用兵作战，我暂时回夏口，以后再与公瑾相会。"丁奉、徐盛见有赵云保护着诸葛亮，只得垂头丧气地回去向周瑜报告。

诸葛亮不顾生命危险，协助东吴做好赤壁之战正面战场大决战的准备工作，安全脱身，回到夏口。见到刘备，略作问候，马上筹划起侧面战场的阻击战。他对刘备说："没时间告诉主公别的事，请问军马战船是不是办妥了？"刘备答道："早已备好，只等军师调用。"

诸葛亮与刘备、刘琦入大帐坐好，立即下令：赵子龙带三千军马，渡江直取乌林小路，拣树木芦苇茂密的地方埋

伏。今夜四更以后，曹操必然从那条路上奔走。等他军马过时，就在半中间放起火来，虽然不能把他们杀光，至少也可干掉一半。赵云心细，听说后立即请示说：“乌林有两条路：一条通南郡，一条取荆州，不知曹兵会从哪条路上来？”诸葛亮说：“南郡形势紧张，曹操不敢去，肯定来荆州，然后带领大军回许昌去。”赵云遵命而去。

诸葛亮又命张飞领三千军渡江，截断彝陵这条路，去葫芦口埋伏，并明确指出：“曹操不敢走南彝陵，必往北彝陵去。明天雨后，必然在那里做饭、歇息。只要看烟起，你就到山边把火放起来，虽然不能活捉曹操，也可立一大功。”张飞领命启程。

随后，又安排糜竺、糜芳、刘封、刘琦等人，分守一地，各负其责。当时，关羽也在场，见诸葛亮不睬自己，忍不住了，气呼呼地大叫道：“我关某自随兄长征战，许多年来，从没落后。今天大敌当前，军师偏不用我，是什么意思？”诸葛亮笑着回答：“将军别怪！过去曹操对你特别好，你是要报答他的。今天他打败仗，逃跑必经过华容道，这是最紧要的关口，如果让你去，肯定放他走。因此，不敢委用你。”关羽听后，责怪军师多心，又忙着解释，又要同诸葛亮立军令状。诸葛亮早想找个适当的机会，杀一杀关羽的傲气。这是个不错的机会，所以他们双方都立下了军令状。

调兵布防结束，诸葛亮对刘备说：“主公，可把军队屯于樊口，咱们凭高而望，坐看周郎今夜成大功吧！”

日落西山，夜幕降临，东风大作，波浪汹涌。周瑜命令杀掉假装投降的蔡和祭旗后，先锋黄盖率领点火的船队，顺风向赤壁进发。曹操经程昱提醒，发觉黄盖来降是假，但已经晚了。黄盖在靠近曹操水寨时，命令各船一齐发火。好家伙，火趁风威，风助火势，船如箭发，烟焰弥天。二十只火船，撞入水寨，曹操的船只全烧着了，又被铁环锁住，无法逃避。隔江炮响，四下火船齐到，只见三面江上，火逐风飞，一片通红，漫天彻地。曹操左冲右突，处处受敌。后来，在张郃等人的保护下，他逃往乌林，慢慢进入了诸葛亮

的伏击圈。

曹操毕竟是个了不起的人，他这次惨败逃跑并不是垂头丧气、哭哭啼啼的脓包相，而是边走边谈论，有时还嘲笑别人。你看，刚到乌林，他见没有防守的军队，就在马上仰天大笑，认为周瑜无谋，诸葛亮少智，不懂得在这里驻军防守，到了葫芦口、华容道也是这样。实际上啊，他每一次都高兴得太早了！乌林笑罢，突然杀出了赵子龙；葫芦口得意未尽，当路出现了莽张飞；华容道笑脸初开，关云长提刀截住去路。他每次笑，每次上诸葛亮的当，总是以“一惊”、“一败”而告终。诸葛亮用自己的赤诚和才智，又一次奏响凯歌，创造了辉煌。

三气周公瑾

关羽在华容道上放走了战败的曹操，违犯了军令状。诸葛亮原想斩了关羽，后经刘备说情，才借机软硬兼施，狠狠教训了他一顿，进一步协调好内部关系，又把主要精力放在实现下一个目标上。

周瑜本来就怕诸葛亮成为东吴的大祸害。赤壁败曹后，听说刘备和诸葛亮屯兵油江口（今湖北公安县北），大惊失色，他对鲁肃说："刘备和诸葛亮屯兵油江，肯定想取南郡（今湖北江陵）。赤壁大战中，我们伤了许多军马，耗费许多钱粮。曹操败逃，眼看南郡是到手的果实，现在刘备和诸葛亮不仁不义，想抢先吞下，我能容忍吗？除非我死还差不多！"随后，他和鲁肃议定以感谢刘备为名，带三千精锐军马直至油江口，准备先杀刘备，后取南郡。周瑜要来答谢的消息传到刘备的耳朵里，刘备也怀疑周瑜来谢他有假，忙问诸葛亮该如何对待。诸葛亮说："哪里是来谢我们的，只是为占领南郡而来的吧。主公不用愁，我自有办法。"接着，又在刘备耳边小声地如此这般说了一气。从刘备脸上的笑容看，诸葛亮已生一计，等待周瑜的又没什么好果子了。

周瑜和诸葛亮商谈，形成了这样的共识：东吴如攻不下南郡，刘备照取不误。周瑜自以为抢先一步，南郡不用费力可为东吴所有。回到营寨，他就调遣兵将去攻打南郡。其实，南郡是曹仁守护的重点，东吴兵一时无法攻下。诸葛亮看他们两家斗得激烈，乘机利用从陈娇处缴获的兵符，把曹兵乱调一通，一举攻下南郡、荆州和襄阳三城。周瑜知道又吃了诸葛亮的亏，真是：“几郡城池无我分，一场辛苦为谁忙！”越想越气，大叫一声，昏了过去。众人急忙抢救，他才慢慢苏醒过来。江东将领再三相劝，让他不要生气，以身体为重。周瑜哪里听得进去，十分恼怒地说：“如果不杀掉诸葛亮，怎能平息我心中的怒气！程普将军可帮助我攻打南郡，坚决把它夺回来，归我东吴所有。”

正在这时，鲁肃来了。他劝周瑜暂不动兵，待他去见过刘备、诸葛亮，通过说理让他们归还南郡。如说不通，再动兵也不迟。周瑜同意后，鲁肃真的带了随从直奔南郡而去。诸葛亮已料到事情要发展到这一步，早留下赵云守南郡，他和刘备去了荆州。鲁肃来到南郡，听说刘备和诸葛亮在荆州，又立即来到荆州。他见旌旗整列，军容甚盛，暗暗称赞道：“诸葛亮真不是个寻常的人啊！”

诸葛亮和鲁肃相见施礼过后，鲁肃直截了当地说：“曹操亲率百万大军，名义上是下江南，实际上是要消灭刘皇叔；幸得东吴相助，杀退曹兵，救了刘皇叔。照理说来，荆襄九郡都应属于东吴。哪知皇叔施用诡计，夺得荆襄，使江东空费军马钱粮，皇叔安受其利，恐怕从道理上说不过去吧？”诸葛亮接过话头说道：“你是个高明的人，怎么讲出这样的话来？常言道‘物归其主’。荆襄九郡，原不是东吴的，而是刘表的基业。皇叔是刘表的弟弟。刘表虽然死了，他的儿子还在。以叔叔的身份辅佐侄子，取回荆州，有什么不可以的呢？”诸葛亮看到鲁肃似乎想说什么，没等他开口，对身边人说：“请公子出来与先生相见。”很快，屏风后两人扶出刘琦来。鲁肃大吃一惊，一时无话可说。过了一会儿，他见刘琦病情甚重，便对诸葛亮说："公子如果不在了，你们打算怎么办呢？"诸葛亮回答得非常干脆："公子在一日，守一日，如果不在，到时候好商量。"鲁肃又追一句，说："如果公子不在，应当把城池还给我东吴。"诸葛亮为了不伤两家和气，求得发展壮大自己的机会，笑着说："先生讲得有理。"诸葛亮设宴款待鲁肃，等宴会结束，鲁肃只得两手空空地离开了荆州。

诸葛亮用智打发走鲁肃，稳住了东吴，便和刘备一起商议久远之计。首先决定南征，攻取武陵、长沙、桂阳、零陵四郡，积收钱粮，作为根本。诸葛亮和刘备亲自统率一万五千人马，命张飞为先锋，赵云在后，一举夺下零陵（今湖南零陵）。随后，赵云计取了桂阳（今湖南郴州），张飞攻下武陵（今湖南常德）。关羽在荆州，听说赵云、张飞各取一郡，请战攻长沙。诸葛亮和刘备同意，派张飞去荆州替回关羽。关羽大战老将黄忠，最后夺取了长沙（今湖南长沙）。四郡已平，诸葛亮和刘备班师回荆州。从此，钱粮广盛，贤士归依，又是一派崭新气象。

再说刘琦久病不愈，死了。消息传到东吴，周瑜想到荆州，心又痒起来了。商量后，他让鲁肃以吊丧为名，再去讨荆州。诸葛亮早有准备，采取一种模糊谈判的方法，让刘备写下了一个"暂借荆州，待得到西川时，便交还东吴"的文书，由他和鲁肃两人签字作保。鲁肃回来，把文书交给周瑜。周瑜看后，气得直跺脚，说："子敬啊！子敬！你又上诸葛亮的当了！他名为借地，实为混赖。他说取西川便还，你知道他什么时候能取得？十年取不得，十年也不还？这样的文书有什么用处呢？你竟然还为他签字做保证人！"他似乎感到话太重了，过一会又对鲁肃说：“子敬，你是个诚实厚道的人，可刘备是强横而有野心的家伙，诸葛亮更是诡计多端，他们都不像你的心眼那么好。”这时，鲁肃觉得为难了，周瑜安慰他说：“不要担心，慢慢处理吧！”

没过几天，周瑜听说刘备没了甘夫人，荆州城里正扬起布幡忙后事，便高兴地对鲁肃说：“好！这次我要刘备乖乖把荆州交过来！”鲁肃不知什么意思，周瑜悄悄告诉他：“我要使用美人计，把他治老实。他夫人死了，现在主公的妹妹也该嫁人了。我劝主公以把妹妹嫁给刘备为名，把他骗过来，轻而易举地干掉他，荆州不就是咱们的了？”鲁肃说：“诸葛亮智谋过人，他肯定能识破。到那时，偷鸡不成反蚀一把米，可不值得啊！”

周瑜听不进去，征得孙权同意后，便派吕范去说媒了。事实正像鲁肃估计的那样，诸葛亮听说东吴吕范来了，立即判定：“这是周瑜的计谋，目的还是为了荆州。”他在屏风后听吕范说完话后，一直在思考。后来，瞅准机会对刘备说：“周瑜虽能用计，但出不了我所料。主公大胆去，我保管吴主之妹做你的夫人，荆州也万无一失。”刘备决定去了。诸葛亮动了许多脑筋，定下三条锦囊妙计，并指定由赵云陪刘备去江东，依次执行三条妙计，不得有误。赵云很佩服诸葛亮，表示一切照办。两人说完，含笑告别。

转眼半年过去了，刘备占了孙权和周瑜的便宜，与孙夫人结婚了，也上了他们的圈套，被声色迷住，全不想回荆州的事。赵云毅然实施了诸葛亮的最后一个计划，经吴国太批准，在孙夫人全力保护下，他保刘备和孙夫人逃出周瑜的防线，登上诸葛亮前来接应的大船。周瑜得知放走了刘备，急派兵追赶。诸葛亮笑着对岸上的东吴兵士说：“你们回去告

劉

诉周瑜，以后不要再玩弄美人计了！”周瑜听到兵士回报，要和诸葛亮决一雌雄。他亲自带领大军追赶。哪知，半路上碰上关羽大杀一阵，接着又有黄忠、魏延拦截拼斗，周瑜大败。这时，诸葛亮让埋伏在江岸上的军士一齐涌出，大声喊叫：“周郎妙计安天下，赔了夫人又折兵！”周瑜听了，一声大叫，昏倒在船上，不省人事。

周瑜一计不成，二计又败，心里窝着一团火总是灭不掉。过了好一阵子，又想了一个主意。他对鲁肃说：“你去荆州跟刘备和诸葛亮说，孙、刘两家既结为亲，就是一家；如果皇叔不好意思去取西川，我起兵去取，得了西川后，作为吴侯妹妹的嫁妆，到那时皇叔把荆州还我东吴。”他看鲁肃不讲话，又说：“子敬，这是假的，让诸葛亮、刘备毫无准备，我实际是要去夺取荆州。”鲁肃这才放心地露出笑容，再一次奔赴荆州。

诸葛亮盛情招待鲁肃，分别时紧握着鲁肃的手，说道：“难得吴侯一片好心啊！等东吴雄师到来时，我们一定远远迎接，好好犒劳。”送走鲁肃，刘备问诸葛亮：“他们又想要什么鬼花招？”诸葛亮说：“他们名取西川，实夺荆州。等我们出城犒劳军队时，他们便乘势捉拿住，然后杀进城来，这叫‘攻其不备，出其不意’！依我看来，周瑜是不想活长了！”

此后，诸葛亮紧锣密鼓，把军队调配安排妥当，专等周瑜到来。周瑜好像一条饿急的鱼，看到东西想着吃，结果上了诸葛亮的钩。诸葛亮不仅同他刀兵相见，而后冷嘲热讽，言语羞辱，把他弄得怒气填胸，昏迷后醒来，仰天长叹道：“老天哪，既然生了周瑜，为什么还要生一个诸葛亮？”

周瑜死了，诸葛亮为了巩固孙、刘联盟，决定亲自去江东吊丧。刘备怕东吴人杀害诸葛亮，不肯让他去。诸葛亮说：“主公，请你放心，周瑜活着我都不怕，现在他死了，更没有什么可怕的！”诸葛亮说服了刘备，由赵云带领五百人马乘船而去。诸葛亮在周瑜灵前跪读祭文，泪如泉涌，哀恸之情，感动了东吴三军将士。东吴人不仅不恨诸葛亮，反认为：“诸葛亮真是多情多义的君子，公瑾气量太窄了，死是白找的。”

掷杯哭庞统

诸葛亮祭罢周瑜，来到江边，正要上船，突然有人揪住他笑着说："你气死周郎，还跑来吊丧，真欺我东吴无人啊！"诸葛亮一看，原来是老熟人庞统。两人大笑一阵，手拉着手上船谈心去了。最后，诸葛亮对庞统说："我估计孙权不会重用你。如果你觉得不如意，可到荆州去，咱们共同扶助刘玄德。这个人宽厚仁德，肯定会重用你的。"说完，还给他写了一封推荐信。

赤壁大战期间，庞统曾与周瑜、诸葛亮设谋，和蒋干一起到曹营献上连环计，把曹军的战船全用铁链锁起来，确保火攻方案顺利成功。当日大战开始后，他乘机又回到江东，很受周瑜赏识。周瑜临死前，也对鲁肃说过："庞统是位难得的人才，子敬务必向主公推荐，江东只要有他，何愁霸业不成。"周瑜死后，鲁肃真的在孙权面前推荐了庞统。后来，鲁肃送周瑜的灵柩去芜湖，孙权准备采纳鲁肃的建议重用庞统。没想到孙权一见到庞统，就改变了主意。庞统相貌丑陋，态度又很傲慢，说话口气太大，孙权极不高兴。庞统见孙权对自己非常冷淡，觉得受了委屈和羞辱，便离开江东，来荆州投靠刘备。

庞统见刘备时又是傲而少礼，惹得刘备心里也不快活。尽管如此，刘备还是以礼相待。刘备说："早听说先生才智过人，怎么在江东不被重用？”庞统说：“孙权虽有大志，但太拘小节，所以像我这样的人都得不到重用。听说刘皇叔敬贤爱才，所以前来投靠。”刘备说：“我的地盘很小，没有多少空出来的重要职位，先委屈你到耒阳县任县令吧。”庞统一听，很不满意，但因诸葛亮不在，所以信也没拿出来，只好硬着头皮去任耒阳县令。庞统心里不舒畅，工作马马虎虎，百姓们意见很大。刘备准备先派张飞去调查，然后治他的罪。正在这时，诸葛亮从外地回来了。他听说庞统已到荆州，被派到耒阳县任职，马上向刘备说：“庞统胸中的学识，胜我十倍，让他当个县令，太屈才了！”刘备一听，立即把庞统请回荆州，拜为副军师中郎将，地位比诸葛亮稍低。刘备看着诸葛亮和庞统，笑眯眯地说：“当初司马徽说‘伏龙、凤雏，两人得一，可安天下’。现在你二位先生都来了，汉室复兴大有希望。”

一天，诸葛亮派出的侦探回来报告：“刘璋派张松去许都（今河南许昌），联结曹操，共伐张鲁。张松还暗画了西川地图，打算献给曹操，供他取西川用。”诸葛亮听后，立即命侦探深入许都，继续打听消息；同时施行“攻心”战术，准备以重礼接待张松，让他为刘备取西川服务。突然，侦探又报：“张松因言语冲撞曹操，已被乱棒打出。”诸葛亮会心一笑，急令赵云领五百人马去郢州（今湖北武昌）界口相迎。

赵云接着张松，相互施礼后，赵云说：“我奉主公刘玄德的命令，专程来接先生。主公认为先生远涉路途，策马驱驰，非常辛苦，特命我来献奉酒食，以表慰问。”张松感激不尽，共饮数杯后，和赵云上马同行。来到荆州界首，天晚了，准备去驿馆歇息。

这时，门口已有百余人敲锣打鼓迎接，非常热闹。原来是诸葛亮安排的第二批迎接的人马，为首的大将是关羽。第二天早饭后，张松和关羽继续前行，还不到五里路，又有一簇人马迎来了。这是刘备带着诸葛亮和庞统等人，亲自迎接。

诸葛亮用心策划，刘备亲自实施，终以一场高规格、尽礼仪的接待感动了张松的心。他把西川地理图交给了刘备，并说："蜀中道路图里清清楚楚，你当从速进军，早早攻取。"刘备拱手拜谢，说道："青山不老，绿水长存。他日事成，必当厚报。"诸葛亮又命关羽等护送张松十几里路才回来。

张松走后，刘备在诸葛亮和庞统的劝说下，决定亲自带庞统、黄忠、魏延等去取西川，留诸葛亮、关羽、张飞和赵云共守荆州。刘备和庞统率马步兵五万，起程西征。一路号令严明，所到之处，秋毫无犯。西川百姓沿途观看，烧香礼拜。刘备也一一好言抚慰。刘璋知刘备亲自入西川，即带三万人马到涪城（今四川绵阳）迎接。两人相见，共叙兄弟之情。正在这时，张鲁派兵进犯葭萌关（今四川广元西）。刘璋请刘备引兵拒敌，刘备欣然答应。刘备到了葭萌关，严令军士，广施恩惠，收买民心。事态发展真难以预料——张松暗结刘备的密信被他弟弟张肃得到，并立即报告刘璋。刘璋大怒，立斩张松及全家老小，同时调兵设防，准备除掉刘备。庞统是个精细人，到涪水关就提醒刘备要防杨怀、高沛二人暗害才好。由于计划周密，杨、高二人正准备杀害刘备时，一起被活捉处斩。

一路上，刘备和庞统合作默契，频频得胜。刘备更加信任和赏识庞统。在攻下涪水关，准备攻雒城（今四川广汉）

时，诸葛亮派马良送给刘备一封亲笔信。信中说：“自主公进军西川以来，荆州方面平安无事，不必忧念。有一件事情请主公务必注意：我看天象，近期将帅身上凶多吉少。不能多言，万望谨慎。”刘备看完信，让马良先回，准备自己回荆州一趟，和诸葛亮商量取西川的事。庞统一看，暗想诸葛亮是怕他取西川立功得宠，便对刘备说：“主公，我也看了一下天象，对主公很有利，顺理攻取西川，绝对没有什么不祥的事。蜀将冷苞被斩，已应诸葛军师所说的凶兆，别无其他，可急速进兵。”刘备见庞统再三劝说，只好领兵前进。在分兵进攻时，刘备提出要走小路，让庞统走大路，并告诉庞统说：“我夜里做了一个梦，梦中神人用铁棒打我的右臂，醒后还在痛。联系军师来信所说的情况，我觉得向前进发可能不利。”庞统不以为然，笑着对刘备说：“壮士临阵，不死带伤，这是情理之中的事，怎能以梦中所见来解释呢？”他想了想，又补充说：“主公，您受诸葛亮的蒙蔽了。他心怀嫉妒，怕我在取西川时立大功，所以编造谎言疑惑您。我赤胆忠心跟随您，万死不辞。主公一定不要多疑，明天早做准备，继续前进。”

第二天一早，刘备和庞统分手前约会时，庞统坐下的马突然前蹄一滑，把庞统摔下地来。刘备急忙下马，把庞统扶起来，然后把自己骑的白马让给庞统，两人各取路前进。人马正在行进，庞统抬头一看，见两山逼窄，树木丛杂，忙勒马问道：“这是什么地方？”军中新降的士兵说：“这儿叫做落凤坡。”庞统神经警觉，大惊失色地说：“我道号凤雏，这里叫落凤坡，太不吉利了！”急忙命令军士后退，哪里来得及哟，只听山坡前一声炮响，蜀军乱箭齐发，向骑白马者射来，把庞统射死在落凤坡下。

这天正是七月初七，诸葛亮在荆州和将士们欢度七夕佳节，共同谈论刘备和庞统收取西川的话题。突然，西天上一颗斗大的星坠下地来，流光四射。诸葛亮顿然失色，将手中的酒杯掷于地上，大声哭道：“伤心啊！太令人悲伤了！”将士们被这突如其来的事情惊呆了，齐问：“怎么回事？”诸葛亮泪流满面地说：“我看天象，一星坠地，庞统军师去了！”说罢，又大声痛哭道：“庞军师一死，主公失去了一只臂膀啊！”诸葛亮一哭，众将士也很悲痛，酒不尽欢而散。没过几天，诸葛亮和关羽等正围坐议事，忽报关平带主公书信到。诸葛亮接过书信，拆开一看，上面写着：“本年七月初七，庞军师被张任在落凤坡前箭射身故。”诸葛亮大哭，众官无不流泪。

诸葛亮为了辅佐刘备完成取西川的大业，也为了替好朋友庞统报仇，擦干眼泪对众将官说：“主公现在涪水关进退两难，我不能不去。”关羽抢先问道：“军师进川，荆州谁保？”诸葛亮说：“主公信中虽没明说，他的意思我已领会了。既然派关平送信来，就是要留下关将军守荆州。”诸葛亮专门设宴，向关羽交割印绶。关羽双手来接时，诸葛亮只是深情地说：“关将军要想到桃园结义之情，竭力保守这块地方。”关羽说：“大丈夫既领重任，除死方休。”诸葛亮听关羽嘴里说出个“死”字，心里很不愉快，问道：“假若曹操兵来怎么办？”关羽说：“以力拒之。”诸葛亮又问：“如果曹操、孙权一起打来，你打算怎么办？”关羽随口说道：“分开兵力对付他们。”诸葛亮叹了一口气，说：“将军，照你说的做，荆州无法保住。我教你八个字，务必牢牢记住。”关羽问：“哪八个字？”诸葛亮说：“北拒曹操，东和孙权。”关羽说：“军师的话，我一定牢记心头。”诸葛亮交了印绶，军队安排妥当，他和张飞、赵云各领一军，分三路向西川进发，约定和刘备的军队一起在雒城会师。

诸葛亮到雒城前，张飞和赵云已经同刘备会合，参加攻打张任的战斗了。诸葛亮从降将口中得知：雒城能不能攻下，关键在能不能降伏张任。于是，诸葛亮决定先捉张任，然后取雒城。他察看一下地形，命令魏延到金雁桥南五里左右两岸都是芦苇蒹葭的地方，带领一千枪手埋伏在左边，单

戳马上的将领；黄忠领一千刀手埋伏在右边，单砍坐下马。杀散敌军，张任必往山东小路来，张飞带一千军士埋伏在那里，乘机捉拿。果然不出诸葛亮所料，一场激战下来，张飞在预定地点活捉了张任。张任不肯投降，诸葛亮喝令推出斩首，为庞统报了一箭之仇。

宽容感法正

诸葛亮打败张任，攻下雒城，准备乘胜前进，直捣成都。法正建议说：“雒城已收取，蜀中唾手可得。我认为刘皇叔想以仁义服人，暂时可不要进兵。我打算给刘璋写封信去，说明利害关系，让他主动出城投降。”诸葛亮听后，马上说：“孝直（法正的字）的主张最好。”随后，法正写好书信派人送往成都。刘璋看完法正的信，大骂道：“法正卖主求荣，忘恩背义之贼！”赶走送信的使者，决定先调李严去守绵竹（今四川绵竹），然后去汉中张鲁处借兵，共同对付刘备和诸葛亮的军队。

法正派出的使者回来报告说：“郑度劝刘璋放火烧尽田间和库房粮仓，然后带领百姓逃避到涪水西边，坚守不出。”诸葛亮和刘备大惊失色，几乎异口同声地说：“如果这样，那我们太危险了！”法正对情况了解得多，又是真心协助刘备和诸葛亮的，他肯定地说：“主公和军师不要忧愁。这个计谋虽然狠毒，但根据刘璋的性格，他是绝对不会使用的！”消息传来，果然同法正说的一样。诸葛亮放心了，决定火速进兵攻取绵竹。绵竹守将李严虽然是个武艺高超的人物，但势孤力单，无法抵黄忠、魏延之勇，更难胜过诸葛亮的谋略。最后，李严战场被擒，归顺了刘备和诸葛亮。

取下绵竹，刘备同诸葛亮正商议分兵进攻成都的计划，突然，流星探马急报：“孟达、霍峻守葭萌关，现在被东川的张鲁派遣马超、杨柏和马岱攻打甚急，如果救晚了，关隘一破，地盘就属于张鲁的了。”诸葛亮听完，并不很急。他也知道张飞、赵云都能战胜马超，故意激张飞说：“马超太厉害，只有派人请关羽来，才能战胜他。”赵云当时外出不在，张飞一听这话，怎么受得了！马上说：“军师怎么小看人呢？我曾独拒曹操的百万军马，难道还对付不了马超吗？”诸葛亮见张飞态度坚决，又立了文书，便让刘备、魏延各领军马配合，张飞为先锋，同去战马超。

张飞和马超大战二百回合，未分胜负；眼看天色渐晚，二人互不服气，又点燃火把继续大战，仍难决雌雄。诸葛亮赶来同刘备商量说：“马超是当今世上的一员虎将，如果同张飞死战，必有一人性命难保。这样吧，我知道张鲁身边有个贪财的小人叫杨松，利用这个人去离间张鲁和马超的关系，借机断绝马超的归路，逼他归顺投降。”后来，在马超进退两难时，诸葛亮要亲自去劝马超归降刘备，刘备怕诸葛亮不安全，再三不肯放行，便派西川降将李恢去劝降马超，果然一举成功。

马超又向刘备、诸葛亮请求去成都，劝刘璋出城投降，刘备和诸葛亮非常高兴。马超、马岱到了成都。刘璋登城观看，见他俩在城下喊话：“张鲁听信杨松谗言，加害于我。如今我已归降刘备。你也可以投降……”刘璋惊得面如土色，昏倒在城墙上，被众人救醒后，说：“我刘家父子在蜀中已二十多年，没给老百姓带来什么好处，连续三年的战争，死伤人马惨重，全是我的罪过。我心里一直很不安，很难过，不如投降，给老百姓一点安定吧。”刘璋决计投降。

刘备顺利进入成都。

诸葛亮为了安定民心，便于内政管理，向刘备建议：“刘璋之所以失去基业，就在于他太软弱了。主公如果像妇道人家一样滥讲仁慈，临事不决，成都尽管得到了，也无法守住。”他看看刘备，又说：“现在西川刚刚平定，不容许有二主，要树立核心人物的权威才好。因此，必须把刘璋送往荆州或其他地方！”刘备见诸葛亮讲得有理，便表示赞同。刘备当了益州牧，心里高兴，封官行赏。诸葛亮任军师，法正当了蜀郡太守，军民都欢欢乐乐。

益州既定，诸葛亮奉命拟定治国条例，刑法颇为严厉。法正不赞成诸葛亮采取的措施，他对诸葛亮说：“过去汉高祖刘邦攻下秦朝都城咸阳时，为了稳定秩序，安抚民心，约定只实施三条法律：‘杀人者死，伤人及盗抵罪。’原先秦朝其他苛刑峻法一律废除，深受老百姓的欢迎和拥戴。我希望军师能宽刑省法，不辜负老百姓的厚望。”

诸葛亮解释说：“先生，你只知其一，不知其二。秦朝的法律暴虐残酷，老百姓们怨声载道，所以汉高祖才反其道而行之，用宽仁的措施来抚慰他们。现在情况恰恰相反，刘璋昏庸无能，非常软弱，德政不能实施，刑法废弛，没有权威，不讲君臣秩序，朝廷纲纪乱糟糟的。只以高位来笼络人心，地位高了就会无视一切；以恩泽感化他，恩泽尽了就慢而无礼。益州所以弊端太多，就是因为法纪不严造成的。针对现实情况，我制定这套刑法。推行好法律制度，百姓就知恩感恩；合理安排官职爵位，得到提拔的就觉得光荣。恩荣并济，上下有节。凡是从事政治的，务必要识时务才行。”法正连连点头，从内心里佩服诸葛亮的见解高明。

诸葛亮的治国条例颁布实施后，军民自律，社会秩序安

定，四十一州地面分兵镇守，处处平安无事。

法正担任蜀中太守后，自以为位高权大，行为很不检点，也不遵守法规；哪怕从前一顿饭的恩德，翻眼瞅一瞅的怨仇，都要一一报复。有人向诸葛亮报告说："法正现在太专横，应该给予训斥。"诸葛亮向大家解释说："当年主公困守在荆州时，北边畏惧曹操，东边害怕孙权，后来全靠法正尽力辅助，才彻底摆脱困境，有了今天的辉煌。法正是立过大功的人啊，怎么能限制他的自由，使他无法自行其是呢？"诸葛亮的这席话很快传到了法正的耳朵里，法正听后，左思右想，觉得非常惭愧。从此，他严格以法律条例约束自己，改变了以前的表现。诸葛亮以宽容的胸怀，不肯批评法正，收到了比批评还好的效果。法正从内心深处更加钦佩诸葛亮了。

一波刚平，一波又起。这天诸葛亮正和刘备议事，忽报关羽派儿子关平来谢恩，并带给刘备一封信，说是要亲自来成都，与马超比武。刘备大惊，对诸葛亮说："这如何是好呢？假若云长入蜀，与马超比武，势不两立啊！"诸葛亮对关羽的傲气，确实有些看不惯，但为了顾全大局，往往能以宽容的态度和恰当的方法治服他。诸葛亮宽慰刘备说："主公勿忧，我来写封信给关将军，或许有效果。"关平带着信，星夜赶回荆州。关羽一见便问："我要同马超比试武艺，你说了没有？"关平说："说了。军师写了封亲笔信，让我带给父亲。"关羽拆开一看，美滋滋地笑了。

信中大致说："我听说将军想和马超比武分高下，依我看来：马超虽勇烈过人，只不过是汉高祖手下猛将黥布、彭越一类的人物，只能跟张将军并驱争光，哪能像你美髯公这样绝伦超群呢？现在，你奉主公之命驻守荆州，责任极为重大。假如你入川比武的消息走漏，曹操或孙权发兵攻取荆州，怎么办？荆州丢失，你该有多大的罪哟！请将军明察。”关羽读完信，很是高兴，抚摸着长长的胡须，笑着对众人说：“诸葛军师深知我关羽的心啊！”说罢，把诸葛亮的信交给宾客们传看，决定不再入川了。

西蜀方开新日月，东吴又索旧山川。诸葛亮刚刚理顺内部的人际关系，孙权又派诸葛瑾来成都向刘备索取荆州。怎么办？就看他眉头一皱，计上心来，和刘备讲了几句悄悄话，就去迎接诸葛瑾。他们没入私宅，直接住进了宾馆。兄弟俩刚刚叙完礼，诸葛瑾就放声大哭地说：“弟弟，你们不还荆州，害得我一家老小全都被抓起来了！如何是好？快救救哥哥吧！”诸葛亮说：“哥哥放心，我已想好计策，还您荆州就是了。”说完，诸葛亮带着哥哥去见刘备。刘备从诸葛瑾手中接过孙权的信，一看大怒，说：“孙权既然把妹妹嫁给我，却又乘我不在荆州时把她偷偷接走，真是情理难容！我正要发兵讨伐他，报仇雪恨，他反倒来要荆州，妄想！”诸葛亮待刘备说完，哭拜于地说：“吴侯把我哥哥全家统统抓了起来，如果不还，我哥哥全家要被杀死。到那时，我活着还有什么意思？请主公看在我的面子上，把荆州还给东吴吧！”刘备故意不肯，诸葛亮只是哭求。一场戏演得差不多了，刘备慢慢地说道：“既然如此，看在军师的面子上，分荆州一半还他。”随后，又给关羽写了一封信，让诸葛瑾带上交给关羽，好好商量交接的事情。诸葛瑾不知道这是诸葛亮和刘备演给自己看的一出戏，满意地直奔荆州而去。

兴师取汉中

诸葛亮相继稳定了法正和关羽的情绪，又用计谋协调好同东吴的关系，便放心地实施他攻取汉中的战斗部署。汉中，就是现在四川和陕西关中平原之间的一个盆地，那时汉中郡属于益州。这里自古就是行旅通商和兵家必争的战略要地，所谓褒斜道、陈仓道、金牛道和米仓道等，都是驰名的古道。这些古道，都蜿蜒于峡谷峻岭之中，并且是因其地势凿孔架栈，使“道路凌空，极天下至险”。许多军事家在古道的险要处设立关哨，进可战，退可守，使汉中处于险地狭径的屏障护围中。另外，这一带山环水抱，气候温和，生产条件优越，自然资源丰富。汉高祖刘邦称王巴蜀汉中时，命令萧何广开堰塘，譬如山河堰、流珠堰、王道池、小王道池、顺池、草池、月池和南江池等，都是当时修筑的名堰名池。东汉末年，张鲁居汉中“断绝谷阁，杀害汉使”，使汉中“不得复通”。公元215年，曹操亲率大军进攻汉中。这年七月攻下阳平关（今陕西勉县西北）；十一月，守将张鲁投降，曹操念其封仓库之心，任命张鲁为镇南将军，封阆中侯。

曹操已取西川，必取东川，人心惶惶。刘备便请诸葛亮商量攻取汉中事。诸葛亮说：“曹操占据汉中，成为我们进兵关中的一大障碍，而且随时还可能进攻益州。我们要利用东吴兵力牵制曹兵；另外，派一支军队出击，再让张将军等驻守巴西等地，随时准备战斗。”刘备依计而行。

张飞首先在阆中（今四川阆中）同曹操手下的大将张郃相遇。张郃的军队吃了败仗，躲在营寨里坚守不战，张飞五十多天攻打不下。忽然他心生一计：天天饮酒，喝醉就百般辱骂张郃的军兵。刘备知道了，忙问诸葛亮怎么办。诸葛亮说：“如果张将军这么干，简直太漂亮了！军营里没有什么好酒，成都佳酿充足，请调出五十瓮来，分三车装好送给张将军喝去！”刘备大惊，问道：“我弟喝酒误事，军师为何送那么多酒去？”诸葛亮笑着解释道：“主公与翼德做了这么多年的兄弟，还不知他的为人和性格吗？他虽然平时刚烈，但上次牧川路上义释严颜，那可不是单纯勇夫所能干得出来的。现在张将军同张郃相拒五十多天，酒醉骂敌，旁若无人，这可不是贪杯滥饮，而是败张郃的高明计谋啊！”说罢，令魏延把酒送往前线。军车上插着黄旗，上面写着“军前公用美酒”。张飞见魏延送酒来，非常高兴，与魏延等密切配合，一举击败张郃，取得胜利。

张郃失败，回见曹洪。曹洪免其一死，让他再去攻打葭萌关。消息传到成都，诸葛亮同刘备、法正等商量如何退敌。诸葛亮想派黄忠去，但不直说，为了调动黄忠的积极性，坚定他必胜的信心，就一本正经地说：“现在葭萌关情况紧急，必须火速把张飞从阆中调回，让他出战，才能打败张郃。”法正不知道诸葛亮在用“激将法”，连忙说：“张将军屯兵瓦口，镇守阆中，也是军事重地，不能轻易调回。现在军中将领不少，可以选派一人去破张郃。”诸葛亮故意笑着说：“哎呀，张郃是曹操手下的名将，不是等闲之辈，除张将军外，没有人能抵得过他。”

这一激，果然有效，老将黄忠自告奋勇要出战。诸葛亮乘机说他年纪大，又激他一次。最后，同意派黄忠和严颜两位老将一起迎战张郃。黄忠采用“骄兵之计”，一败再败，连输数阵，最后佯装退兵，麻痹敌兵，顺利占领了天荡山。张郃见韩浩、夏侯德已死，又有夏侯尚不能相顾，只得逃向定军山，投奔夏侯渊去了。

这时，法正向刘备和诸葛亮建议说：“现在张郃刚吃败仗，天荡失守，我们如果乘机大举进攻，汉中很快就会到手。占领汉中以后，再练兵积粮，观察形势，进可以讨贼，退也能自守。这是天赐良机，失去不可再来！”刘备和诸葛亮一致赞同法正的意见，马上决定令赵云、张飞为先锋，刘备和诸葛亮各带兵十万，选定日期，向葭萌关进发。到葭萌关安下营寨，刘备召见黄忠、严颜，重赏二位老将后，又问黄忠还敢不敢去攻打定军山？老将黄忠一口答应下来。诸葛亮又激了黄忠一次，然后说：“你既然要去，我让法正辅助你，遇到事情商量好了再干，我随后就派人去接应你们。”诸葛亮调兵遣将，一切安排妥当。

黄忠与法正率军出发。定军山下，黄忠与法正配合默契，等到曹兵倦怠时，黄忠一马当先，冲向敌阵，夏侯渊措手不及，被黄忠一刀连头带肩，砍为两段。曹兵大败，各自逃生。曹操听到夏侯渊被杀，亲率大军二十万，要为他报仇。诸葛亮说：“曹操带领大军来到这里，粮草难以集聚，所以勒兵不前。如果能有人潜入他们的营地，烧掉粮草，夺取军用物品，曹操的锐气就被挫败了。”黄忠连胜几仗，非常兴奋，马上向诸葛亮表示：“老夫愿担此任。”诸葛亮本想让老将军休息，见他态度坚决，便说：“你可与赵云同领一支兵马前去，遇事多商量，看谁立大功。”黄忠带着军士

潜入曹军营地，正要放火劫粮，恰好张郃带着军士来到这里。黄忠和张郃混战一处，曹操急调兵来围，黄忠被困于垓心。赵云看看约定时间已到，老将军还没有回来，急忙率军接应。赵云冲入敌阵，救出黄忠和副将张著，所向无敌，连曹操也称奇叫好。

诸葛亮为了尽快击退曹操，和刘备一起到汉水两岸看地形。诸葛亮发现汉水上游，有一土山，可以埋伏千余人。回到营中，他对赵云说："你可领五百人，都带着鼓角，埋伏在土山下边，或在半夜，或在黄昏，只听我营中炮响；响一番，擂鼓一番，只不要出战。"赵云走后，诸葛亮在高山上偷偷观察。第二天，曹兵来挑战，蜀营里一个人也不出，弓箭也不发，曹兵只好自回。当天夜深，诸葛亮见曹营灯火熄灭，军士歇定了，便放号炮。赵云听到了，就命令鼓角齐鸣。曹兵以为蜀军劫寨，爬起来到营外去看，没有一个军士。刚刚回营歇下，鼓角又一次响起，反复多次。曹兵通夜不得安宁。一连三夜，都这样惊疑，曹操心惊胆怯，拔营后退三十里。在空阔的地方扎营。诸葛亮笑道："曹操虽然知兵法，不知是诡计。"于是，请刘备亲渡汉水，背水结营。

曹操看刘备背水下寨，心中疑惑，派人来下战书，诸葛亮批回，答应明天决战。第二天，两军会于中路五界山前，列成阵势。曹操骂刘备"忘恩负义，反叛朝廷"。刘备骂曹操是篡逆贼子，自立为王。曹操被激怒，便下令："谁捉得刘备，便为西川之主。"曹兵一起喊杀过来。蜀兵按诸葛亮的部署，向汉水方向逃跑，放弃营寨，军需物品等丢满路上。曹兵都忙着抢东西，曹操连忙命令鸣金收兵，火速撤退。这时，诸葛亮已把号旗举起，刘备中军领兵便出，左边黄忠，右边赵云齐杀过来，曹兵大败而逃。

刘备问诸葛亮："曹操这次来，为什么败得这么快？"诸葛亮笑着说："曹操平生为人多疑，虽能用兵，疑则多败。我是以疑兵之计战胜他的。"后来，曹操退兵到阳平关，又被张飞、魏延、黄忠和赵云、马超等大将相继追杀，只得放弃阳平关向斜谷（今陕西眉县西南）撤退，在界口驻扎防守。诸葛亮见曹操退兵斜谷，料定他必然放弃汉中，便命令马超等分兵十数路，不停地攻打。曹操不得安稳，不但反攻锐气尽消，而且人人丧胆，便放弃汉中，退回长安。接着，诸葛亮又向刘备建议：派孟达去攻房陵（今湖北房县）、派刘封会合孟达攻打上庸（今湖北竹山西南）。刘备派兵依计而行，终于占领了汉中。此时，刘备占有荆州、益州和汉中等地，势力大盛。

诸葛亮为了有利于实现大业，同法正等人商议，要推刘备为汉中王。刘备开始不同意，见众人态度坚决，说道："自封为王，是为僭越，有失天下人心。"诸葛亮说："主公平生以仁义为本，没有乱称尊号。现在已拥有荆襄、西川之地，可暂为汉中王。我认为应该相机而动，待做了汉中王后，再上奏章告诉献帝也不迟。"刘备推辞不过，只得认可。汉献帝建安二十四年（公元219年）秋七月，诸葛亮命人在沔阳（今陕西勉县东）修筑高台，举行刘备自立为王的典礼。接着刘备封刘禅为王太子，以魏延为镇远将军，领汉中太守，镇守汉中；封诸葛亮为军师，总理军国事务；许靖为太傅；法正为尚书令、护军将军；封关羽、张飞、赵云、马超、黄忠为五虎大将，其余的人也按功行赏。

忍辱谏先主

刘备在取益州、占汉中等拓展地盘和壮大势力上，法正作出了很大的贡献。在刘备的个人生活方面，法正也想得周到。刘备从东川回到成都，法正就对刘备说：“王上先夫人去世，孙夫人又南归，未必再来。人伦之道，不能废除，要娶贵妃，来协理内政才好。”刘备答应后，法正积极物色，把吴懿的妹妹介绍给刘备。因此，刘备虽然得到法正较晚，但“雅爱信正”，在议功行赏时，把他和诸葛亮、关羽、张飞一样看待，给予最高等级的赏赐。在封官授爵时，刘备先封法正为蜀郡太守、扬武将军，后又让他任尚书令、护军将军，使法正“外统都畿，内为谋立”，地位显赫，权倾内外。刘备当汉中王后，在思想感情上已渐渐疏远了诸葛亮。然而，诸葛亮并不计较。当有人对法正的行为不满，跑来向诸葛亮告状时，诸葛亮总是解释说服，维护法正的权威。后来，法正病故，刘备流泪三天，把政务大事交给诸葛亮处理。从此，诸葛亮总揽了军政大权。

建安二十五年（公元220年）春正月，曹操已死，他的儿子曹丕正式称帝，改国号为“大魏”，废掉了汉献帝。消息传到成都，诸葛亮与太傅许靖等人商议说：“天下不可一日无君，现在曹丕篡位，汉室倾覆，我们主公是汉室宗亲，理

当继承帝位，诸位认为如何？”众人都表示赞同。

第二天，诸葛亮带着写好的劝进表，带领大小官员一道来见刘备。诸葛亮呈上劝进表，说：“主公，现在曹氏篡位，献帝被废，天下无主，您是皇室之后，理当继统汉业。我等呈上奏表，请主公一览。”刘备请诸葛亮等起来，打开奏表一看，一脸怒气，说道：“我怎能去学习逆贼的作为呢？”他站起来，回后宫去了。

三天后，诸葛亮又率众官入朝，请见汉中王，刘备仍然不答应。随后，诸葛亮认为刘备正位续大统，有利于事业的发展，失去机会不好办，又连谏数次，刘备还是不表态。诸葛亮急了，和众官商量后，采用了这样一个计策：诸葛亮佯装有病，而且很重，不理政务了。

刘备听说，忙到病床前看望，询问病情。诸葛亮只说：“忧心如焚，可能活不长了。”刘备再三请问，军师为何事所忧。诸葛亮只推病重，双目紧闭，并不答理，最后才深深叹了口气说：“我自出茅庐，幸遇大王，一直跟随到现在，您很重视和采纳我的意见；现在大王已有西川的地盘，我过去的话已经实现了。目今曹丕篡位，汉祚将衰，文武百官都要尊奉您为汉帝，率领大家灭魏兴刘，共图功名。谁想您坚决不从，惹得众官一肚子怨气。时间不久，大小官僚就会散尽走完。如果文武官员散尽，吴魏联合来攻，两川怎能保住？主公，您想想，我能不忧虑吗？”刘备说：“我不是推阻，而是担心天下人议论！”诸葛亮进一步说道：“圣人说‘名不正，则言不顺’，今大王名正言顺，有何议论？难道没听说‘天与弗取，反受其咎’的话吗？”刘备微微一笑，看着病床上的诸葛亮说：“军师安心养病吧，等你好了再行此事不迟。”诸葛亮一听，从床上一跃而起，把屏风一敲，

外面的文武官员全部进来，拜伏于地说："大王既然答应，就请确定登基大典的日期吧！"

在诸葛亮亲自筹划指挥下，建安二十六年（公元221年）四月，在成都西北武担的南边修筑高台，举行了刘备的即位仪式。刘备称帝后，国号为汉（一般称蜀汉），立长子刘禅为皇太子，封诸葛亮为丞相，许靖为司徒，大小官员，一一升赏。

一天，刘备召集文武大臣，说道："我即帝位，是要兴复汉室，孙权夺我荆州，杀我关羽，我要兴兵讨伐，报仇雪恨。"刘备话音刚落，赵云站出来谏议道："陛下，不可。'国贼'是曹操，不是孙权。现在曹丕篡位，天下都很愤怒。如果抓住机会，先灭掉曹魏，东吴就会不战而降。假若放弃曹魏，一心攻打东吴，战争打起来一时很难结束，肯定要造成不好的结局。"赵云看看刘备的表情，又说："汉贼之仇，公也；兄弟之仇，私也。愿以天下为重。"刘备一点也听不进去，遂下令起兵东征伐吴。

朝廷文武官员一齐对诸葛亮说："现在皇帝刚刚继位，就亲统大军出战，并不是从国家大局着眼。您身为丞相，应重视协调劝解，怎么不进谏呢！"诸葛亮说："我已苦苦劝谏好几次了，皇上只是不听。现在咱们一起到练兵场再去进谏。"刘备见诸葛亮和公卿大臣们苦苦劝谏，心意有些回转。哪知张飞闻知关羽被东吴所害，跑来大哭，发誓要挂孝伐吴。刘备又整兵要出发了。

第二天，刘备临行前，学士秦宓伏地劝阻。刘备大发其火，喝令武士把秦宓推出斩首。诸葛亮为了救秦宓，亲自上表，陈情说理。刘备看后，把诸葛亮的奏表甩到地上，怒气冲冲地说："我已经作出了决定，不许再谏！"马上命令诸葛亮保太子守西川；令马超、马岱助魏延守汉中，以挡魏兵；自己亲领赵云、黄忠等川将数百员，军兵七十五万，起程东进，讨伐东吴。

再说张飞自成都返回驻地阆中，急限部下三日置办白旗白甲，逼反了帐下两员大将。两人于夜里刺死张飞，割下头来去投奔东吴。张飞遇害更坚定了刘备伐吴的决心。进军途中，打了不少胜仗，东吴害怕，请求议和，刘备不从，并且对诸葛亮的哥哥诸葛瑾耍脾气，说：“杀我兄弟的仇恨，不共戴天！想让我罢兵，除非死了还差不多！如果不看在诸葛亮的面子上，首先把你的头割下来！现在放你回去，告诉孙权：快把脖子洗净等着砍头！”后来，东吴把张飞的头、杀张飞的两个人都送到刘备处，并且要交还荆州，送还夫人，永结盟好，共图灭魏。刘备仍然怒气不息，定要灭吴。

东吴在危急时刻，果断起用年轻的书生陆逊为大都督，率军迎战刘备。马良对刘备说：“陆逊年轻多才，深有谋略，才华不比周瑜差，千万不能轻敌！”刘备不以为然，随口说道：“我用兵打仗几十年了，难道还不如一个毛头小伙子吗？”刘备从猇亭布列军马，直到川口，接连七百里，前后四十营寨，白天旌旗蔽日，夜里火光耀天。陆逊察看后，只令将士坚守不战。

天气炎热，蜀汉军士屯于曝日强光之下，忍受不了，只得把军营移到山林茂盛的地方，近溪傍涧扎寨。马良感到这样扎寨不妥，对刘备说：“最近听说诸葛丞相在东川视察各处关口，恐怕魏军入侵。陛下何不把各寨移居的地方，画成图本，请教一下丞相呢？”刘备见马良坚持，说的也有道理，改变了自己的态度，说：“你可以到各营，画成四至八个图本，亲自到东川去问丞相。如有不妥，可急来报告。”

诸葛亮看过马良送来的图本，拍案叫苦说："是什么人让主公这样下寨的？要把这人抓到杀头啊！"马良说："全是主公的意图，不是别人的计划。"诸葛亮哀叹说："完了，汉室到此就要完了！"马良问什么原因，诸葛亮双眼有些湿润，看着马良说："包原隰险阻而结营，是兵家最大忌讳之一。假若对方用火攻，有什么办法能救？另外，哪有连营七百里能同敌人打仗的？兵力分散，怎么抗拒？唉！大祸已经临头了！陆逊所以坚守不出，正是为了寻找这种有利战机。你火速去向天子报告，请他立即重新安营扎寨，千万不能这样坚持下去！"马良说："如果我回去，吴军已经获胜了，怎么处理？"诸葛亮说："快快去吧，陆逊不敢来追，成都万无一失。"马良不解诸葛亮的话意，又问："陆逊为什么不敢来追？"诸葛亮说："他怕魏兵袭击他的后方，所以不敢远追。如果主公失败了，你们就直接投奔白帝城暂避一下。我当年入川时，曾埋伏下十万兵士在鱼腹浦（今四川奉节东）。"马良深感惊异，问道："我从鱼腹浦来回走过数次，从来没见一兵一卒，丞相说这骗人的话干嘛？"诸葛亮说："以后必见，现在不必多问。"马良急忙往回赶，诸葛亮没有办法，只好赶紧回成都，调拨军马去接应刘备。

果然，不出诸葛亮所料，马良还没赶到，陆逊已发起火攻，刘备的营寨全被烧着，军马死伤惨重。刘备在赵云的救护下，带着仅剩的百余人逃到了白帝城。陆逊大获全胜，正往西追袭，忽见前面离夔关（今四川奉节白帝城下）不远的临山傍江处，有一阵杀气冲天而起。派人去探视，说并无一人一马，只有乱石八九十堆。

陆逊向当地人打听原因，当地人说是诸葛亮入川时，带领军队到这里布成的石阵，常常有气如云，从石阵中冲出来。陆逊看后，心存疑惑，便带几十人马进入石阵观看，看后笑道："这是骗人的把戏，会有什么用处？"他身边的一位将领说："天晚了，请都督早回。"陆逊正想出阵，忽然狂风大作，飞沙走石，遮天盖地。陆逊大惊说："我中诸葛亮的计了！"正在无路可出、惊恐万分之时，一位老者出现在他马前，一问方知是诸葛亮的岳父黄承彦。老人一生心善，不忍心见陆逊陷身于诸葛亮布下的八卦阵，便引他出"死门"由"生门"出阵。黄承彦救出陆逊，陆逊回到军营还叹道："诸葛亮真是个'卧龙'啊！我们都不如他啊！"

安居平五路

蜀吴彝陵大战结束，东吴陆逊大破蜀兵。刘备领败兵逃到白帝城，他泪流满面，一边悲叹，一边对马良说："我如果早听诸葛丞相的话，决不会有这场惨重的失败！唉，现在哪还有脸面再回成都去见群臣啊！"说完，即下令驻扎白帝城，把馆驿改为永安宫。

刘备在永安宫住下，闻知冯习、张南等战将皆伤亡，悲痛不已；更思念关羽、张飞二弟，不久便气火攻心，病情日益加重。他自知将不久于人世，遂派使者去成都，请丞相诸葛亮和尚书李严等人，星夜来永安宫，听受遗命。诸葛亮赶到时，刘备已经病危。诸葛亮先是拜伏于刘备病床前，后遵命坐在刘备的床边。刘备深情地抚摸诸葛亮的手，悔恨自己未听丞相劝谏的错误。两人都很悲伤，泪流不止。

这时刘备示意叫守候在一旁的马谡退出，随后告诉诸葛亮说："这个人啊，言过其实，不可大用。你以后再深入观察了解！"刘备吩咐安排完毕，差人取来笔墨，写了遗诏，又一边擦泪一边拉着诸葛亮的手说："你的才能至少胜过曹丕十倍，必能安邦定国，成就大事。假若我的后代可以辅佐，你就辅佐他们；如果扶不起来，你就自立为成都之主吧！"诸葛亮听到这话，哪里受得了，他通身冒汗，手足无措，连忙哭着拜伏于地，说："我诸葛亮怎敢不竭尽全力、尽忠贞之节呢？甘愿赤胆忠心，死而不变！”说完，磕头拜礼，以致皮破血出。刘备又向赵云交代一番后事，随即停止了呼吸。这是章武三年（公元223年）四月二十四日。

刘备死后，诸葛亮率领文臣武将，把刘备尸柩运到成都安葬。诸葛亮认为：“国家不可一天没有君主。要尽快立新君，继承汉统。”经朝廷大臣议定，立太子刘禅为帝。

刘备的死讯传到魏国，曹丕高兴得不得了。他说：“刘备死了，我也没有什么忧愁和顾虑了！为何还不乘其国中无主，出兵攻打成都！”司马懿听了，一拍即合，他对曹丕说：“只靠我魏国兵力，一时难以取胜。如果能出动五路大军一起夹击，使诸葛亮头尾不能救应，这样可以一举成功。”曹丕问他出兵哪五路。司马懿说：“第一，动员羌王轲比能，起兵十万，从旱路取西平关；第二，动员蛮王孟获，起兵十万，攻打西川的南面；第三，联合东吴，让孙权起兵十万，攻西川峡口，直取涪城；第四，派遣蜀国的降将孟达，率领上庸（今湖北竹山西南）军队十万，西攻汉中；第五，命大将曹真为大都督，带兵十万，出阳平关攻取西川。这五路五十万大军共同进击，诸葛亮天大的本领也无法逃脱！”曹丕大喜，立即选派能人实施这个计划。

司马懿这一五路大军进犯蜀国的计划，是诸葛亮事先没想到的。在刘禅即位当皇帝后，诸葛亮看到一起打天下的老臣有不少已经病死，觉得自己的担子更重，所以朝廷选法、钱粮、词讼等事，都认真裁处，不论大事和小事都亲自从公决断。两川百姓，高高兴兴地过着太平的日子，夜里睡觉不需要关门窗，路上的遗物也没人收为己有。又正好遇到好年景，年年丰收。因此男女老少齐唱幸福欢乐的歌，争先早办差赋徭役，军需器械，样样齐备，粮仓充满，财盈府库。建

兴元年（公元223年）秋八月，忽然边防哨兵报告说："魏国调动五路大军来取西川。"后主刘禅听到报告，大吃一惊，手足无措，只得急召诸葛亮入朝议事。派去请诸葛亮的人半天才来，回报说："丞相府里的人说，丞相生病不能出府议事。"刘禅如热锅上的蚂蚁，坐立不安，又连续几次派人去丞相府请诸葛亮入朝。最后一次，诸葛亮才让门吏转告使臣说："身体稍微好一些了，明天早上到都堂议事。"哪知道，第二天众官来见，从早等到晚，诸葛亮还是不出来。杜琼想来想去，好像悟出了什么似的，向刘禅建议说："请陛下圣驾，亲往丞相府问计。"第三天，刘禅真的亲自来了，他到了丞相府的门前，下车步行，只身一人一直进入第三道门，抬头一看，诸葛亮正在小池边倚着竹手杖看鱼呢。刘禅在诸葛亮身后站了一会，忍不住慢慢问道："丞相近来身体安康吗？"诸葛亮回头一看是皇上，慌忙丢下竹杖拜伏于地，说："臣该万死！"刘禅把他扶起，便告诉曹丕起兵五路侵犯蜀国事，并问道："为什么多次派人来请，丞相就是不愿出府议事呢？"

诸葛亮听后大笑，先扶刘禅到内室坐下，然后汇报说："五路大兵夹击我们，我怎能不知道呢？我刚才在那里根本不是看鱼，是在思考一个问题。"刘禅插话："思考得怎么样了？"诸葛亮非常认真地说："羌王轲比能、蛮王孟获、反将孟达和魏将曹真，这四路兵我已经全部退了；现在只有孙权这一路兵，我有了退兵之计，还没想好能依计退兵的人。这个人必须能言善辩，到底哪位能胜任？我还没有把握，所以正在深思熟虑之中。皇上，退兵的事，您就不用担忧了。"

刘禅一听，又惊又喜，心里也在犯嘀咕："他一天到晚在丞相府里不出门，怎么能把五路大军退去四路呢？”随后说了句客气话：“丞相真是神鬼难测，太了不起了！我想听听你退兵的方法。”诸葛亮坦诚地说：“先帝把您托付给我，我怎敢有一点怠慢！因为成都的许多官吏，不知道兵法，更不知道军事情报绝对保密，一点点都不能泄露出去。我先听说西番国王轲比能引兵犯西平关，想想马超祖祖辈辈都是西川人，素得羌人之心，羌人把他看成神威大将军。我已派使者急速前去传令，让马超紧守西平关，伏下四路奇兵，每天交换，用兵拒守。再说南路蛮王孟获，他起兵犯境，我已派使者急速前去传令，调魏延带领一支人马前往迎战，并嘱咐魏延要左出右入，右出左入，为疑兵之计。蛮兵失其地利，全凭勇力，他们心中多疑，如果见有疑兵，必然不敢进兵。我也听说孟达引兵攻击汉中，我采取的措施是这样的：孟达与李严曾结生死之交，当年我回成都时，留下李严守永安宫，我已摹仿李严的笔迹给孟达写封信，并派人送去了。孟达见李严的亲笔信，肯定会推托生病而不肯发兵。我也知道曹真侵犯阳平关，这里地势险要，可以保守，我已调赵云带兵把守关口，嘱咐不要出战。曹真见我军守而不战，不久就会自己撤退。所以，我认为这四路都不必再担心。为了保险，以防万一有失，我秘密地调遣关兴和张苞二将，各带三万人马，屯于紧要地方，作为机动力量，援助各路大军。在调兵遣将的过程中，为了高度保密，没让各路将士经过成都，所以没有人知觉我已调兵退敌的事。”诸葛亮停了停，用眼瞅了一下刘禅，见他脸色转喜，又接着说：“现在只有东吴一路还没有起动。我分析，如果看到其他四路兵胜了，川中危机，东吴就会来进攻；如果其他四路兵没有什么气象，东吴还愿意动吗？估计孙权想起曹丕三路兵侵

吴的怨仇，必然不会听曹丕的话。尽管如此，我还要选派一个能言善辩的人，直接去东吴，说明利害关系，先退东吴这路军马。现在正愁谁去东吴合适，何必又惊动皇上大驾，亲自来过问呢？”刘禅回答说：“听丞相这么一说，真是如梦初醒，哪里还有什么忧愁顾虑呢？”

诸葛亮和刘禅共同喝了几杯酒，然后送刘禅出丞相府。诸葛亮一看，文武众官还都站在门外。刘禅告别了诸葛亮，上车回朝，一脸喜色，弄得众官疑惑不定。诸葛亮是个有心的人，他一下子发现众官中有一人仰天而笑，和别人不一样。这人姓邓，名芝，字伯苗，现为户部尚书。诸葛亮暗地里让人把他留下，等众官散后，诸葛亮请邓芝到自己的书院里，先问道：“现在蜀、魏、吴鼎分三国，想讨伐其他两个国家，然后中兴汉室，你认为先伐哪个国家有利？”邓芝回答说：“以我不成熟的看法，我认为魏主篡逆，属于汉贼，但魏国势力强大，暂时动摇不了它，不如等待机会慢慢消灭它。现在蜀主刚刚登上皇位，民心还没有安稳，应当与东吴联合，结为唇齿，一洗先帝旧怨，这才是长久之计，不知道丞相认为我的意见如何？”诸葛亮大笑说：“我思考那么长时间，没有找到合适的人选啊，现在得到了！”邓芝问：“丞相费心物色这种人干什么？”诸葛亮笑着说：“我想派人去联结东吴。邓公你既然能够明白我的意图，肯定会不辜负皇上的希望。我看出使东吴的重要任务，只有邓公来承担了！”邓芝还在谦虚，诸葛亮拍拍他的肩膀说：“就这样吧，我明天向皇上奏报后，就请你立即前往，可不要再推辞了。”第二天，皇上批准了邓芝出使东吴的计划。

邓芝奉命来到东吴。孙权听信张昭的话，在殿前立一个大鼎，放进几百斤油，下边用炭火烧。等鼎中油烧滚了，选出身长面大的武士一千人，各执刀在手，从宫门前摆到殿上。准备妥当，开始接见邓芝。这邓芝整一整衣帽，来到宫门前一看这种气势，并无惧色，昂首阔步向前走。到殿前，看到鼎中油正沸，他微微而笑，见孙权也长揖不拜。孙权大声喝问：“为何不拜？”邓芝说：“上国大使，不拜小邦之主。”孙权大怒，说：“你自己也不考虑考虑，想凭三寸舌头模仿刘邦的使者郦食其游说齐王归汉吗？快快钻进油鼎中吧！”邓芝大笑，说：“人们都说东吴多贤才，谁想到对一个儒生都怕成这样子。我是专门为你们吴国的利害而来。你们居然设兵陈鼎，拒绝一个使者，真没有容物容人的气量啊！”邓芝向孙权陈述完利害后，故意撩衣下殿，做出向油鼎里跳的样子。孙权急命阻止，更觉惭愧，便斥退武士，请邓芝上殿，以上宾礼节待邓芝。派中郎将张温随同邓芝一道去成都，向诸葛亮表达他愿意与蜀国和好结盟的愿望。

后来，诸葛亮又派邓芝陪同张温一道去东吴，向吴王孙权答礼。孙权非常高兴，宴会上，他问邓芝：“若吴、蜀二国同心灭魏，得天下太平，二主分治，岂不乐乎？”邓芝回答说：“‘天无二日，民无二主’。如灭魏之后，未知天命所归何人。但为君者，各修其德；为臣者，各尽其忠；这样战争才能平息。”孙权听罢，高兴得哈哈大笑，连连说：“你太坦诚了！你太坦诚了！”于是赠予厚礼，送邓芝还蜀。邓芝两次出访东吴，成就显著，实现了诸葛亮联合东吴、抗击魏国的宏愿。从此蜀吴两国互为友好。孙权在写给诸葛亮的信中称赞邓芝说：“和合两国，唯有邓芝。”

攻心伏孟获

蜀国建立后，诸葛亮作为丞相，事无巨细，亲自秉公办理，致使朝政稳定，加上两川连年丰收，百姓安居乐业。但南部的少数民族地区一直不太稳定。早在“隆中对策”时，诸葛亮就确定了要“南抚夷越”的方针。建兴三年（公元225年），益州边哨飞马报告：“蛮王孟获，大起蛮兵十万，犯境侵略。建宁（今云南曲靖）太守雍闿也联结孟获造反。另外，牂牁郡（今贵州西部）太守朱褒和越嶲郡（今四川西昌）太守高定也已叛变，现在只有永昌（今云南保山北）太守王伉和功曹吕凯坚持不反，会集百姓，死守永昌城。雍闿、朱褒和高定三人所领军马都为孟获做向导，一齐攻打永昌郡，形势紧急。”

这时，正好蜀吴联盟恢复，内部经过整顿也已安定，诸葛亮认为南征平叛的机会已经成熟了，随即入朝表奏后主刘禅说：“我看南蛮不服，实在是国家的一大祸患。现在我要亲率大军，前去征讨。”刘禅很不放心，对诸葛亮说：“东有孙权，北有曹丕，你离我去南征，假如吴、魏来攻，我怎么办？”诸葛亮说：“东吴与我国讲和，不会有异心；有李严在白帝城驻守，这个人可抵挡陆逊。曹丕刚刚吃过败仗，锐气丧尽，不敢远征，并且我们有马超把守汉中各处关口，不必担忧。我打算留下关兴、张苞等分为两军作为救应，保证陛下万无一失。现在我先去平定南方，然后再起兵北伐，攻取中原，一定要报答先帝三顾相请之恩和托孤之重。”刘禅看看诸葛亮，说：“我年幼无知，请相父斟酌而行吧。”

忽一人站出来反对说：“不可！不可！”众人一看，是谏议大夫王连。王连说：“南方是不毛之地，疫疾之乡，不应以一国之望，冒险远行。况且雍闿几人造反，成不了什么大气候，派一位大将去，也完全可以解决问题。”诸葛亮解释说：“南蛮地面，离都城非常远，那里的人不懂王法礼仪，收服很难。我必须亲自远征，见机行事，可刚可柔，随时决定，不是轻率委托一人能办成的。”

诸葛亮决心已定，共起川兵五十万，整装待发。出发前有参军马谡前来送行。诸葛亮向他询问破敌之策。马谡说：“南中（今四川南部、云南东北部和贵州西北部一带）依靠地势险要偏远，不服从朝廷已经很久了。即使今天我们用武力降服他们，大军一退，他们还会反复。我想用兵的道理应是攻心为主，攻城为次；心战为上，兵战为下。希望丞相不要只动军威，要注重恩威并用，征服他们的心！”诸葛亮会心一笑，说：“你是了解我心事的人啊！”

一切齐备，诸葛亮辞别后主，以蒋琬为参军，费祎为长史，赵云、魏延为大将，王平、张翼为副将，率领大军浩浩荡荡向南进发。

南征大军刚到益州附近，雍闿探知消息，便和高定、朱褒分兵三路来迎击蜀兵。蜀兵前部先锋魏延与高定交战，首先活捉了高定的部将鄂焕。魏延把鄂焕押到兵寨见诸葛亮。诸葛亮两眼一转，马上命令给鄂焕松绑，并用酒食招待，告诉他：“我知道高定是位忠义之士，现在受了雍闿迷惑，才走到这一步。我马上放你回去，让高定早早归降，免遭大祸。”鄂焕回去向高定讲述诸葛亮的仁德。高定听了非常感激。可是雍闿却认为诸葛亮用的是反间计，并同高定约好要偷袭蜀军营寨。

诸葛亮早有准备，埋下伏兵，所以当蛮兵偷袭时，被杀得大败，俘虏无数。诸葛亮为了孤立雍闿，故意让看守俘虏的兵士放风说：“凡是高定的部下，一律免死；凡是雍闿的部下，统统杀头。”结果，俘虏们全说是高定的部下。诸葛亮继续用计，他对高定的部下说：“昨天雍闿派人来，说是要把高定和朱褒的头献来，我于心不忍，你们回去劝他们早早归降吧。”回去的俘虏见到高定，一齐称赞诸葛亮是仁义君子，并把雍闿要杀高定和朱褒的事也作了汇报。高定犹疑不定，派人去蜀营打探。哪知打探的人又被诸葛亮活捉了。诸葛亮故意把他当做雍闿的人，责问说：“你们元帅早就要献高定和朱褒的头来，怎么到现在还不见动静？”随后，又写封信让这个被抓获的人带交给雍闿，催他早早动手。这人回去把信交给了高定，高定看后，拍案大怒，骂道：“可恶的东西，当初他邀我造反，现在反来害我，真是情理难容！”鄂焕在旁边提议说：“事已如此，不如先下手为强，杀掉雍闿和朱褒，归降诸葛亮。”高定害怕诸葛亮不能容忍自己，鄂焕极力说服。

这天高定率领军马夜袭雍闿，把他杀死，收降部下来投诸葛亮。诸葛亮转喜为怒，喝令将高定斩首。高定说：“我仰慕你的仁德，杀雍闿来降。为何反要杀我？”诸葛亮说：“你的诈降计怎能瞒过我？昨天朱褒已派人来，表示要投降，并且说你与雍闿是生死之交，不会下手杀他。”高定说朱褒用反间计害人，诸葛亮说：“你如果把朱褒捉来对质明白，我就信你。”高定率众离去，直奔朱褒营寨。朱褒不知

内情，出营迎接高定。高定趁其不备，让鄂焕一戟刺死朱褒。高定提着朱褒首级，率领降军，来见诸葛亮。诸葛亮大喜，任命高定为益州太守，总摄三部。

诸葛亮率军进入永昌城，有太守王伉出来迎接。王伉向诸葛亮报告说：“永昌所以无危险，都是吕凯的功劳。”诸葛亮会见吕凯时说：“早听说您是永昌的高士，多亏您保守此城。我大军南下，想平定蛮方，吕公有何高见？”吕凯马上取出一幅地图，献给诸葛亮，说：“这是‘平蛮指掌图’，上面画出了可以屯兵安营的地点，你先仔细看看，对平定蛮乱大有帮助。”诸葛亮非常高兴，聘请吕凯为行军教授，兼向导官，遂提兵大进，深入南蛮境界。

孟获听说诸葛亮已打败了雍闿，与几位头领商议，决定兵分三路去抗拒蜀兵。诸葛亮根据掌握的情报，也分兵三路进击。与蛮兵第一次交战，就杀死了一位蛮兵首领，并活捉了两个洞主。诸葛亮命令放开两个被捉的洞主，赐给酒食衣服，让他们回去以后不要与蜀兵作对。

两个洞主走后，诸葛亮说：“孟获明天肯定自己出战，我一定要用计把他活捉，各位将领用心配合。”第二天，孟获果真亲自出战，蜀将王平应敌，且战且退，很快把孟获引入了埋伏圈。左右伏兵一齐杀出，孟获奔入一峡谷，被魏延活捉。诸葛亮命令把孟获押上来，问道：“我先帝对你不薄，你为什么要造反？”孟获说：“西川和汉中原来都是别人占有的地盘，是刘备强占了，还自称皇帝。我们世世代代住在这里，你们来侵略我的地盘，怎能说我造反？”诸葛亮说：“你已被活捉，心里服不服？”孟获不服，诸葛亮说：“既不服，我放你回去，怎样？”孟获说：“如放我回去，我要领兵再战，再战再败，我心里服你。”诸葛亮立即命令松绑，给他衣服和马匹，让他回去。

孟获回去整顿人马，屯兵泸水南岸，把船筏全部收在南岸扣押，而且筑起土城，坚守不战。诸葛亮率军到泸水一看，知道蛮兵想利用炎热的气候和复杂的地形，逼使蜀兵不战自退。诸葛亮到泸水边观察后，先让蜀兵进林密阴凉处歇息，然后命马岱领三千人马到下游水慢处

渡水，断敌粮道。马岱奉命到下流沙口，正好遇上被诸葛亮放回的两个首领，被马岱一顿大骂，两人惭愧，不战自退。两个头领回见孟获，被孟获各打了一百大棍，放归本寨去

了。两人受到这场侮辱，又想起诸葛亮的恩德，决定要杀死孟获，报答诸葛亮。他们带兵冲进孟获大帐，孟获正在醉酒酣睡时，被二人捆绑好送交给诸葛亮。诸葛亮笑着问孟获："你上次说，如果再被擒拿，便肯降服，现在怎么说？"孟获说："这次是我手下人自相残害，不算你的本领。如果放我回去再战，你再捉住我，那时倾心吐胆归降，决不反悔。"诸葛亮真的又一次放了他，并说："如又不服，下次生擒决不轻饶。"

孟获回到本寨，先杀了那两首领，然后召集部下说："蜀营虚实我全掌握了，今晚带着火具，偷袭蜀营，烧他个片甲不留。"孟获计划周密，诸葛亮算得准确。孟获和孟优想以献宝为名，里应外合，共同夹击。结果，马岱生擒了孟获，赵云活捉了孟优，魏延、马岱、王平和关索把其他洞的酋长全逮了。诸葛亮笑着责问孟获："今天又被捉到了，你服还是不服？"孟获说："我弟弟贪嘴，误中奸计，这是天败，我仍不服！"诸葛亮非常大度地说："我再放你回去，希望你小心在意，好好学习韬略书籍，用心打仗，免得再被生擒。"孟获回寨整军，与蜀兵相拒两洱河（在今云南大理东）。诸葛亮见蛮兵来势凶猛，命令部将避其锋芒。过了几天，蛮兵懈怠了，诸葛亮又装退军让出旧寨。等孟获率军占寨时，四面埋伏的蜀兵一起杀来，孟获又一次被活捉。孟获不服，口中大叫："今天我误中奸计，死不瞑目！如果放我回去，必报四擒之仇！"诸葛亮想了想，说："那我就再放你一次吧！"

孟获回去，一天正在洞里喝酒，忽报有一夷族首领杨锋领兵来助战。孟获高兴，相邀入内，盛情款待。杨锋趁其不备，一举擒拿，送到诸葛亮营寨中。孟获仍然不服，诸葛亮又一次放掉他。在银坑山，蜀兵同孟获兵交战，各有胜负。一次，一个夷族首领木鹿指挥他的象队猛冲蜀军，赵云和魏延无法抵敌，败下阵来。诸葛亮用事先准备好的火炮打击象队，击败了蛮兵的进攻。没几天，人报孟获被他妻弟捉拿，要来献给诸葛亮。诸葛亮识破他们的计谋，埋伏下两千军士，待孟获妻弟及手下人到达时，一声令下，全部擒拿。诸葛亮对孟获说："已经六次了，你还要几次？"孟获说："如果七次被抓，倾心归顺，誓不反叛。"诸葛亮放开他，并嘱咐说："下次擒拿，决不轻饶。"

孟获回洞，孤注一掷，借来藤甲兵与蜀军对抗。诸葛亮和吕凯商量，决定用火攻敌。魏延把乌戈国兵引进盘蛇谷，伏兵纵火，三万藤甲兵被烧得无路可回，死于谷中。孟获正寻小路逃跑，被马岱擒拿。诸葛亮见到孟获，问："你今天心服了吗？"孟获跪拜道："丞相天威，我心悦诚服。我们子子孙孙感戴您的大恩，誓不再反了。"诸葛亮设宴招待孟获，厚赏金银，孟获感激不尽，泪流满面。

当时，长史费祎建议诸葛亮："设置信吏，和孟获一同治理南中。"诸葛亮说："这样做有三不便：第一，留外地人做官就得留军队，留下军队又无法解决军粮；第二，蛮人新败，父兄死伤，留下外人而无军队保护，必成祸患；第三，蛮人间常有械斗之争，留外人在，终不会获得信任。现在我不留人，不留兵，不运粮，而纲纪初定，汉蛮相安无事。"诸葛亮采取正确的举措，折服了蛮人，他们都感激诸葛亮的恩德，为诸葛亮建造生祠，四时享受祭祀，并称为"慈父"，又多送珍珠金宝、丹漆药材、耕牛战马，以供军队使用。从此，南方平稳安定。

初上出师表

诸葛亮七擒孟获，使南蛮王归顺蜀汉朝廷，平定南方，立即班师回成都。一天，正忙于处理内政事务，突然细探跑来报告："曹丕已死，曹叡现为大魏皇帝。"诸葛亮听完大惊说："曹丕已死，孺子曹叡即位，我认为这些都不必多虑。可是魏国抚军大将军司马懿深有谋略，现督雍、凉兵马，假若训练成功，倒是蜀国的心腹大患。不如我们先起兵讨伐他。"在旁的参军马谡听后，向丞相提出建议说："丞相，你平定南方刚刚回朝，军马劳累，应该好好休整，怎能连续去征战呢？我曾经思考过，有这样一条计策，可令司马懿死于曹叡之手，不知丞相的意向如何？"诸葛亮问是什么计策，马谡如实说来："司马懿虽是魏国大臣，但曹叡对他素怀疑忌。我们可以派人前往洛阳（今河南洛阳）、邺郡（今河南安阳）等处，散布流言，说司马懿想造反；并且要假作司马懿告示天下的榜文，到处招贴，使曹叡更加疑忌此人，甚至把他杀掉。"诸葛亮听了，觉得可行，遂安排一些心细的人去暗中实施这一计谋。

此计果然有效，邺城守卫揭下蜀兵伪造司马懿谋反的告示，报予曹叡。曹叡大怒，不作认真的分析，便把司马懿的兵权收回，并将他削职回乡。

诸葛亮听说司马懿遭受这种难堪，深知马谡的计谋已见实效，非常高兴地说："我要伐魏老早就认真考虑过，唯独感到难办的就是司马懿掌握军中大权。现在，他已中计遭贬，我还有什么忧虑！”第二天后主早朝，文武官员全到朝廷立定，诸葛亮首先站出来奏事，并将写好的《出师表》呈到后主面前。表中写道：

先帝开创帝业还没有完成一半，就中途逝世了。现在天下分成三个国家，蜀国的力量很薄弱，这实在是危急存亡的时候。然而在宫廷里侍从护卫的大臣们毫不懈怠，忠心耿耿的将士们在外面舍生忘死，这是出于追念先帝生前对他们的特殊恩遇，想要报答陛下。陛下应该广泛听取臣下的意见，以发扬光大先帝遗留下来的美德，振作志士们的勇气，不应过分地看轻自己，讲些不合情理的话，以堵塞臣子向您忠谏的道路。皇宫内的侍臣和丞相府里的属官应是一个整体，在对他们进行提升惩罚、奖励贬斥时，不应该有不同对待。如果有做坏事犯法的，或者尽职尽忠的，都应交付有关的主管去评价和给予处罚或奖励，以显示陛下的公正严明，不应有所偏私，使皇帝的内廷和丞相的外府有不同法度。侍中郭攸之和费祎、侍郎董允等人，都善良忠诚，志向忠贞，心地纯正，因此先帝才选拔他们留给陛下任用。我认为宫廷里的事情，无论大小，都要同他们商量，然后实行，一定能够有利于弥补缺漏，得到很多好处。将军向宠，善良公正，又通晓军事，过去试用他的时候，先帝称赞他很能干，因此大家议论推举他担任都督。我认为军营中的事，都应该同他商量处理，一定会使军队内部和睦，优劣各得其所。亲近贤臣，疏远小人，这是前汉所以兴盛的原因；亲近小人，疏远贤臣，这是后汉所以衰败的原因。先帝生前，每当和我谈论这件事，没有一次不对桓、灵二帝的黑暗表示痛心和叹息。侍中郭攸之、费祎，尚书陈震，长史张裔，参军蒋

琬，这些都是忠实贤良、能以死报国的臣子，希望陛下能够亲近他们，信任他们，这样汉朝的兴盛就指日可待了。

我本是一个平民，在南阳耕种田地，只想在乱世间苟全性命，不图在诸侯中求名得官。先帝不因为我卑微浅陋，屈驾相访，三次到草庐中看望我，向我询问天下大事，我因此非常感激，于是答应为先帝奔走效劳。后来又赶上先帝被曹操打败，我在军事失利的时候接受了任命，在形势危急的关头执行了使命，从那时到现在，已经有二十一年了。先帝知道我为人小心谨慎，所以在临终时把国家大事托付于我。自接受委托以来，我日夜忧虑叹息，生怕辜负先帝的嘱托，事业干得没有成效，以致损伤先帝的知人之明，所以我在五月间率军渡过泸水，深入到不毛之地作战。现在南方已经平定，兵甲已经充足，应该鼓励和率领三军，向北平定中原。我愿意竭尽自己平庸的能力，铲除奸凶，兴复汉室，回归旧都洛阳，这是我用来报答先帝，并效忠于陛下所应尽的职责。至于权衡得失，无保留地进献忠言，那是郭攸之、费祎、董允的职责了。希望陛下把讨伐奸贼、复兴汉室的责任交给我，如果完不成，那就治我的罪，以告先帝在天之灵。如果陛下听不到使国家兴盛的建议，那就惩治郭攸之、费祎和董允等人的失职，揭露他们的过失。陛下也应该考虑治国之道，征求正确的意见，辨别采纳有益的言论。一想到先帝的遗诏，我就感到受恩匪浅，不胜感激。现在我就要远离陛下了，对着这份表章，我泪流不止，不知道自己所说的是否恰当。

后主看完奏表，说道："相父南征刚刚回来，受尽千辛万苦，还没好好休息，又要率师北伐，太操劳了。"诸葛亮说："臣受先帝之托，未敢有丝毫的懈怠。现在南方已经安定，无后顾之忧，不乘此机会北伐，一统中原，更待何时？”这时，太史谯周正好在场，他听后连忙建议说：“我夜观天象，北方星象明亮，正在旺气的时候，恐怕难以克敌制胜。”诸葛亮说：“天象变化无常，不可拘泥于言谈，事在人为。我打算先屯兵在汉中，到那里根据形势再定下一步进军方案。”于是，诸葛亮留下郭攸之、董允、蒋琬等人料理蜀中事务，亲率赵云、魏延、张翼、王平、李恢、吕义、马岱、廖化、马忠、邓芝、马谡等北伐，诸葛亮的名号为“平北大都督丞相武乡侯领益州牧知内外事”。诸葛亮为了保险，又命令李严负责守川口，防止东吴进攻。公元227年3月，诸葛亮率领着北伐大军，旌旗蔽野，戈戟如林，浩浩荡荡向汉中进发。

消息很快传到洛阳，曹叡听说诸葛亮以赵云、邓芝为先锋，率大军进入汉中，准备进取中原，非常惊惧，立即召群臣开会商量退敌之策。这时有一人站出来请战，他说：“我的父亲战死在汉中，我和蜀人有不共戴天之仇，今天蜀兵来犯，我愿率领一支人马，前往破敌，上为国家效力，下报杀父之仇。”众人一看，原来是夏侯渊之子夏侯楙。

夏侯楙原本夏侯渊的儿子，从小过继给夏侯惇做儿子。夏侯渊被黄忠杀死后，曹操爱怜夏侯楙，以女儿清河公主招夏侯楙为驸马，所以朝廷中有不少人很钦敬他。夏侯楙虽然掌握着兵权，但未曾临阵打过仗。所以当曹叡任命夏侯楙为大都督，同意他调关西诸路军马前去迎敌时，司徒王朗反对说：“陛下，夏侯楙从未出征打过仗，现在将如此大任托付他，很不合适。再说诸葛亮足智多谋，深通韬略，不可轻敌。”夏侯楙怒斥道：“司徒说这些话，是不是暗中勾结了诸葛亮，想做内应？我自幼跟随父亲学习韬略，深通兵法，你为什么欺负我年轻？这次如果不活捉诸葛亮，誓不回朝。”就这样，夏侯楙辞别魏主曹叡，星夜赶到长安（今陕西西安西北），调动关西诸路军马二十余万，去迎战诸葛亮。

诸葛亮率兵到了沔阳，得知夏侯楙率军迎战，随即召集众将商议。大将魏延建议说：“现在镇守长安的夏侯楙，是个娇养惯了的公子哥儿，怕死而无谋，如果给我五千精兵，从褒中（今陕西褒城）出发，循秦岭以东，当子午谷而北上，不要十天可到长安。夏侯楙听说我军突然来袭，必然逃跑，长安可以轻取。等曹魏调集大军来攻时，丞相率大军从斜谷也就到达长安了。这样，长安以西的地方，我们可一举占领。”诸葛亮听了，轻轻地摇着头说：“这个计策尚欠周全，假如魏军中有人建议，在山谷中伏兵截杀，不但我五千精兵受损，也大伤全军锐气。”魏延又说：“丞相从大路进军，魏国必以大军迎击，这样旷日持久，什么时候才能夺取中原？”诸葛亮说：“我从陇右取平坦大路依法进兵，何愁不胜？”魏延总认为自己的进军方案很好，偏偏诸葛亮不肯采用，心里怏怏不乐。

诸葛亮命令赵云、邓芝带领一支人马从斜谷南面的箕谷进兵，正遇魏将韩德率西羌兵前来迎击。这个韩德善使开山大斧，有万夫不当之勇。他的四个儿子韩瑛、韩瑶、韩琼和韩琪，也都精通武艺，弓马过人。他们在凤鸣山正好与赵云相逢。赵云挺枪出马，单搦韩德交战。韩瑛跃马来迎，不到三个回合，被赵云一枪刺于马下；随后韩琪中枪落马；韩琼来战，被赵云一箭射死；韩瑶来追，又被赵云活捉。韩德见四个儿子全败在赵云之手，肝胆俱裂，逃回本阵。邓芝见赵云大胜，祝贺说：“将军寿已七旬，英勇如昨。今天阵上力斩四将，世所罕见！”赵云笑着说：“丞相看我年纪大了，不肯任用，我故意逞雄，表白我还能参加战斗。”两人谈笑一阵，遂派人押解韩瑶，申报捷书，向诸葛亮传递战地喜讯。

厚爱姜伯约

夏侯楙吃了败仗，躲进南安郡（今甘肃陇西东南），紧闭城门，不肯出战。关兴、张苞、赵云、邓芝带兵围城十天，攻打不下。诸葛亮乘小车到城周围看了一遍，说：“此郡壕深城峻，不容易攻占。我们的根本目的不在占领这座城池，如果主力在这里拖延日久，魏兵分道取汉中，我们很危险。”邓芝说：“夏侯楙是魏国的驸马，如活捉他，胜斩百将。”诸葛亮说：“我自然有计降伏他。”诸葛亮用计先调安定（今甘肃镇南）太守崔琼带兵出城，去救夏侯楙，由魏延乘机攻取了安定城；崔琼诈降，弄巧成拙，被诸葛亮占领南安，并生擒了夏侯楙。当诸葛亮运用这种计谋，去天水郡（今甘肃天水）调太守马遵的军队时，却没能成功。马遵并不知道诸葛亮的计，已派兵增援南安郡了，姜维突然出来阻止说：“太守，你中了诸葛亮的计了！”姜维，字伯约，自幼博览群书，兵法武艺，无不通晓；对待母亲特别孝顺，所以全郡人都很敬佩他。曾任中郎将，现为郡中军官。马遵问姜维为什么阻止发兵，姜维说：“近日听说诸葛亮把夏侯楙困在南安，围得水泄不通，怎么会有人突出重围？再说，那个叫裴绪的谁见过他？可能是诸葛亮让人假扮裴绪，骗我们出城，然后乘机攻占天水。”马遵听了，觉得很有道理，但思索了一下又说：“万一是夏侯楙派来的人，我们不去救援，南安失陷了，他又是驸马，可是罪上加罪啊！”姜维

说："太守放心，要辨出真假很容易。如果是诸葛亮要骗我军出城，他肯定把兵马埋伏在城外不远的地方，只要我军出城，便乘虚而击。我愿领兵三千，埋伏在要道上，太守随后发兵出城，不要走远，只走三十里左右就回头，如有蜀兵夺城，我和太守前后夹击，可获全胜。如诸葛亮亲自来，必定为我活捉！"马遵点头，依计而行。

果然不出姜维所料，诸葛亮令赵云领五千兵马埋伏在城外，只等天水人马出发，便乘虚夺城。赵云看见马遵率兵出城已远，大喜，随即引兵奔至城下，正要攻城，忽然喊声四起，四面火光冲天。当先一员少年将军挺枪跃马说："你见过天水的姜伯约吗？"赵云挺枪直取姜维，哪知道姜维精神倍长，越战越勇，赵云大惊，心想："谁晓得天水还有这等英雄人物！"正战间，马遵、梁虔两军杀回，一起夹攻。赵云首尾不能相顾，奋力杀出一条路，引军退阵去见诸葛亮。赵云把情况一说，诸葛亮也大为惊奇，自言自语地说："这是何人，识我玄机！"当时有位南安人介绍了姜维的情况，赵云也在一旁称赞姜维的枪法与众不同。诸葛亮说："我正要攻占天水，还有如此人物，真没想到啊！"于是，他亲自率大军向天水进发。来到城外，诸葛亮传下命令："凡攻城池，必须在到达的当天，激励三军，鼓噪直上；假若时间拖延长了，锐气消尽，就难于攻破了。"大军听令，直奔城下。诸葛亮看看城上旗帜整齐，没敢轻易攻打。等到半夜，忽然火光冲天，喊声震地，不知哪里来兵。紧接着城上军兵也鼓噪呐喊相应。蜀军乱了阵脚，到处奔跑。诸葛亮在关兴、张苞二将的保护下，杀出重围。他回头看时，发现正东方军马，一带火光，势如长蛇，随令关兴探视，得知是姜维领的兵，立即慨叹道："兵不在多，在于有人调遣指挥。这个人真是将才啊！"

诸葛亮回到营寨，思考了很长时间，喊来一位安定人问道："姜维的母亲，现在什么地方？"这人回答："现居住在冀县。"诸葛亮把魏延喊来，告诉他："你带领一支军马，虚张声势，假装去攻打冀县，如果姜维到了，不要阻击，就放他进城。"魏延遵命而行。诸葛亮又问："周围一带什么地方最紧要？"安定人答道："天水的钱粮，都在上邽（在今甘肃天水），如打破上邽，就断绝了粮道。"诸葛亮立即派赵云引一支军去攻上邽。诸葛亮离城三十里，安下营寨。这个消息传到天水，姜维听说痛哭，哀告马遵说："我的母亲现在冀县，蜀兵攻城，怕母亲有危险。我想请领一支军马前往，保卫冀城，也兼保老母。"马遵同意，姜维领兵速往。刚到冀城，蜀将魏延已领兵列成阵势。两将交锋几个回合，遵照诸葛亮的计谋，只作诈败，放姜维入城去了。在上邽，赵云也略战几个回合，便放梁虔进城。

天水郡马遵的兵势被诸葛亮巧妙地一分为三，抵抗力大大削弱。随后，诸葛亮又放出夏侯楙，表面上叫他去劝降姜维，实际上是让他传播信息。又找相貌类似姜维的部卒，扮成姜维带兵攻打天水城，在火光之中，使马遵不辨真伪。这样一来，冀城已孤立无援了，诸葛亮却引兵实实在在地去攻打冀城。冀县城小缺粮，无法长守。姜维看城外蜀军大小车辆正搬运粮草，进入营寨，便带三千兵出来劫粮。蜀兵丢了车就逃。姜维夺得粮食正准备回军入城，忽然一支彪军拦住去路，为首的蜀将是张翼。两将交锋，战不数合，王平引一军又到，两军夹攻。姜维难抵二将，夺路入城，一看城上早已插上了蜀兵旗号，蜀将魏延已经占领冀城。姜维冲出一条路，急急直奔天水城，身边只剩下十几个人，又被张苞拦截厮杀了一阵，最后单枪匹马跑到了天水城下。城上军士见姜维在城门外叫喊，忙报告马遵。马遵说："姜维不义，又来赚我城

门。”遂令军士乱箭齐发。姜维又回奔上邽城下叫门，梁虔见了，破口大骂道：“反国逆贼，安敢来赚我城池！我已经知道你投蜀国了！”遂令乱箭齐射姜维。

姜维无从诉说，只好仰天长叹，两眼流泪，拨马往长安而走。走了没几里路，前面有一片茂密的大树林，只听喊声大起，涌出数千军马，为首的蜀将关兴截住去路。姜维人困马乏，无法应战，勒马回头便走。没走多远，忽然一辆小车从山坡中转出来，车上坐着一人，头戴纶巾，身披鹤氅，手摇羽扇，正是诸葛亮。

诸葛亮喊姜维说：“伯约，已经到了这时候，为什么还不投降？”姜维思考很久，前有诸葛亮，后有关兴，又无退路，只得下马投降。诸葛亮慌忙下车迎上前去，拉着他的手说：“我自出茅庐以来，遍求贤者，想传授平生所学的东西，可恨一直没寻找到。现在遇到了你姜伯约，我的心愿也满足了。”姜维见诸葛亮语出真诚，句句动人，也认为遇到了知音，欣喜异常，拜谢诸葛亮。

诸葛亮同姜维等回到营寨，商议攻取天水和上邽的计策。姜维说：“天水城中的尹赏、梁绪二人，同我关系非常好，我可以写两封密信射进城去，劝他们先在城内作乱，然后归降。”诸葛亮高兴，同意姜维依计而行。梁绪、尹赏得到消息，决意投降蜀国，便打开城门引蜀军入城，守城的夏侯楙和马遵见事急，又不愿降，只带领几百人弃城逃向羌胡城。随后，梁绪又劝他弟弟梁虔归降，诸葛亮率蜀军很快占领了天水、南安、上邽三郡，威风大震。诸将请问诸葛亮：“为何不乘胜擒拿夏侯楙？”诸葛亮开心大笑，说道：“我放夏侯楙，就像放掉一只鸭子；今天得到了姜伯约，可是得了一只大凤凰啊！”

后来，姜维在多次战争中获胜立功，深得诸葛亮的厚爱。

乘雪破羌兵

诸葛亮占领天水、南安、上邽三郡，又得了姜维这样智勇双全的爱将，极为称心如意，胜利的喜悦更激励着他要攻取中原，扩大领地，巩固蜀国；紧接着便整顿军马，尽提汉中兵士，前出祁山。魏主曹叡知道前线失利的消息，十分惊恐，立即召群臣聚议，问："谁可领兵退敌？"司徒王朗本来反对夏侯楙任大都督，领兵迎战诸葛亮，夏侯楙惨败逃奔羌中，更验证了王朗意见的正确。所以这次曹叡的话音刚落，他马上建议道："我看先帝在时，经常令大将军曹真领兵出阵，而且每战必胜，现在情况紧急。陛下为什么不请他任大都督，让他领兵退敌呢？"曹叡同意王朗的看法，并决定命曹真为大都督，郭淮为副都督，王朗为军师，带领二十万军马出战。

魏兵过渭河西边安营下寨后，曹真便和王朗、郭淮一起商量退兵之计。王朗已经七十六岁了，有知识、有经验，很老到，也有点倚老卖老的味道。他信心十足地对曹真说："明天可严整队伍，大展旌旗，我自己先出阵前，只要说上一席话，肯定让诸葛亮乖乖投降，蜀国的军队不战自退。"曹真一听，非常高兴，立即下命令：明天天不亮就要吃完饭，黎明时必须列阵整齐，人马威仪，旌旗鼓角，一定要按照次序，有条不紊。

第二天战书一下，两军齐到阵前，蜀兵见魏兵极其雄壮，和夏侯楙治军大不一样。三军鼓角结束，魏军阵中王朗乘马而出。蜀军阵中诸葛亮端坐一辆四轮车中，也缓缓来到阵前。诸葛亮举目一望，见魏军阵前三个麾盖，旗上大字写着各位姓名——正中央一位白发老人，便是军师、司徒王朗。

诸葛亮心中想道："王朗肯定要下说词，劝我投降，我必须随机应变才好。"两人出阵拱手施礼，王朗首先开口说道："诸葛先生，我很早就听说您的大名，今天有缘幸会，您既然知天命、识时务，为什么要领无名军兵惹起战争呢？"诸葛亮说："我奉皇上命令带兵讨贼，怎能说无名呢？"王朗又说："天数有变，神器易更，天下应归有德的人拥有，这是自然的道理。过去从桓帝、灵帝以来，天下大乱，人民不得安定。我们太祖武皇帝（曹操），南征北战，扫平了四面八方，老百姓感恩戴德，极其敬仰。这并不是以武力权势夺得天下，实际是天命所归。世祖文帝（曹丕），神文圣武，登基称帝，这是顺应天意、合乎人心的。你藏大才，抱大器，自比古代贤人管仲和乐毅，为什么一定要违反天理，悖逆人情而做事呢？难道没听古人说过'顺天则昌，逆天则亡'吗？现在我魏国统领百万雄师，有良将千员，你们该有多少人马？腐草丛中的萤火之光，怎么能比得上高空中明亮的月亮？我劝你还是早早投降吧，既可以得到官职，也免得兴起战争、人民不得安宁，这该多好啊！"

诸葛亮在车上哈哈大笑，说道："我以为一个汉朝的元老大臣，开口必有高论，谁想到说出这些卑鄙的话来！我有一句话，请大家静心听着，过去桓帝、灵帝的时候，朝廷纲纪废乱，宦官造成祸孽，国家混乱，年年灾难，天下不得安宁。黄巾军起义之后，又有董卓、李傕、郭汜等人相继制造祸乱，国无安宁日，人无太平时。因庙堂之上，朽木为官，殿陛之间，禽兽食禄；狼心狗行之辈，滚滚当道，奴颜婢膝之徒，纷纷秉政。以致社稷混乱，苍生涂炭。我一直了解你王朗的身世：祖辈居住在东海之滨，开始是举孝廉而进入仕途；既然如此，理应辅佐灵主，为国家出力，安汉兴刘；没想到你反过来帮助逆贼，同谋篡位！你罪恶深重，天地不容！天下的人，都恨不得想吃你的肉！现在，幸亏天意不绝炎汉，有昭烈皇帝（刘备）继统西川。我现在奉后主之命，兴师伐贼。你既然是谄谀之臣，快快缩起头、藏起身，混些衣食算了，怎么还敢在军士之前，妄称什么天数呢？皓首匹夫，苍髯老贼！你很快就要死在九泉之下，哪有脸面去见二十四帝啊！老贼，快点退回去！让那反贼和我决胜负！”王朗听罢，气满胸膛，大叫一声，撞死于马下。后来有人写诗称赞诸葛亮：兵马出西秦，雄才敌万人。轻摇三寸舌，骂死老奸臣。

诸葛亮见王朗被活活气跌而死，立即用扇子指着魏军统帅曹真说：“我不想逼你，你可以回去整顿军马，来日与我决战。”说完，两军都退了回去。当天晚上，双方都严加提防对方乘机劫寨。最后，诸葛亮计胜一筹，把魏兵打得大败而逃。郭淮回到营寨，安慰曹真说：“胜负乃兵家常事，不足为忧。”同时，又向曹真献计说：“西羌人早在太祖活着时就年年来进贡，后来文皇帝对他们施恩布德，现在咱们可以凭着险阻死守不战，立即派精明能干的人由小路直奔羌中去求救，以准许和亲为条件，羌人必然起兵袭击蜀国后方。到那时，咱们再驱兵追杀，同羌兵配合，两头夹击，难道不能大获全胜吗？”曹真听后，非常赞同，立即派人往羌中求援。

郭淮的预料和想法确实不错。西羌国王彻里吉接见魏国使者，看罢曹真的书信，便召集文武大臣商量这件事。丞相雅丹首先发言道："我们和魏国一直友好往来，现在魏都督亲自派人来求援，并且以和亲为条件，按道理说应该答应。"国王彻里吉听后，连说："有理！有理！"于是，命令丞相雅丹和越吉元帅，一起率领会用弓弩、枪刀、蒺藜、飞锤等武器的精兵十五万，又动用许多战车，外面全部用铁皮裹钉起来，装满军需用品，用骆驼或者骡马驾车，打着"铁车兵"的旗号，直奔西平关而去。

西羌军的行动，早被蜀国探听清楚。诸葛亮与众将商议说："谁敢去退羌兵？"张苞、关兴一齐答应："我愿前往退敌！"诸葛亮说："你们二位对地形道路不熟，前去厮杀有许多不便。干脆这样吧：马岱非常了解羌人的习性，而且在西羌居住很长时间，让他担任向导，与二位将军同往。"关兴、张苞、马岱三人很高兴，带领五万精兵立即出发。

说时迟，那时快，蜀国将士行军几天后，已同羌兵遭遇。关兴先带领百余人登上旁边的一个小山坡，仔细观察，只见羌兵把铁车首尾相连，随处结寨；车上插满了兵器，就像一座城池似的。关兴边看边想，想不出破敌的办法来。他回寨和张苞、马岱一起商议。马岱提议说："等明天出阵时，看看他们的虚实，然后再作决定。"

第二天早上，蜀国将士兵分三路：关兴在中，张苞在左，马岱在右，三路兵齐进。羌兵阵中，越吉元帅手挽铁锤，腰里悬挂着宝雕弓，跃马奋勇而出。关兴命令三路兵快速前进，忽然看见羌兵分在两边，中央放出铁车，如潮涌一般，军中弓弩又一起发射。蜀军大败，马岱、张苞两路军先退，关兴军被羌兵一裹，包围在西北角上了。

关兴被羌兵困在垓心，左冲右突，杀不出重围，四面又有铁车，就像城墙一样，其他蜀兵也无法接应。关兴急中生威，就看他抖擞精神，奋力拼杀，冲破包围，往山谷中寻路而走。没走多远，天已近晚，突然前方一支打黑旗的军队迎面涌来，一员羌将，手提着铁锤大叫道：“小将休走！我就是西羌国的越吉大元帅！”关兴快马前行，正好遇到了断涧，只得回马来战越吉。关兴内心生怯，哪里抵挡得住，无可奈何，只好向断涧中逃跑。越吉快速追赶，提锤便打，关兴急忙闪过，重锤正好打在马屁股上。马倒向涧中，关兴摔在水里。

正在这时，忽听岸上一声响，背后的越吉无故连人带马跌进水中。关兴想提刀来砍越吉，越吉已跃水逃走。关兴先是看见岸上一员大将杀退羌兵，后又见云雾之中隐隐有一大将，面如重枣，眉像卧蚕，绿袍金铠，提青龙刀，骑赤兔马，手绰着漂亮的大胡子，好像就是自己的父亲关羽。随后，又见这人把手指向东南，口里喊道：“我儿可向这条路上跑，我可以保护你回到营寨。”说完，人就不见了。

关兴沿着那人手指的方向走，忽然一彪军迎面而来，关兴惊魂初定，看出是自己的好兄弟张苞，还没来得及开口，张苞抢先问道：“刚才，你看到二伯父没有？”关兴反问道：“你怎么知道的？”张苞说：“我被铁车军追得很急，忽见伯父自空而下，惊退羌兵，然后，用手指着这个方向对我说：‘你快从这条路上去救关兴。’我才带着人马来这里寻找的。”关兴也把刚才发生的事告诉了张苞。兄弟二人惊讶不已，同回本寨。马岱出寨迎接，对二人说：“西羌铁车军无法击败。现在由我领兵守着营寨，你们二人去向丞相报告，请丞相用计破它。”关兴和张苞都表示赞同，二人连夜去见诸葛亮，认真地汇报了同羌兵交战的详细情况。

诸葛亮听后，一边劝慰二位将军，一边调兵遣将。他命令赵云和魏延各带一支军队先到指定的地点去埋伏，然后点了三万军马，带着姜维、张翼、关兴、张苞，亲自来到马岱寨中歇定。第二天，诸葛亮登上高坡一看，好家伙，铁车联络不绝，人马纵横，往来奔驰骤急。诸葛亮看着羌兵自以为得意的架势，觉得实在好笑，他回寨对各位将领说：“这样的军队太好打了！”就看他先吩咐马岱、张翼如此如此。二人走后，他又喊来姜维说：“伯约知道破铁车军的方法吗？”姜维说：“羌人就是靠着一股子勇劲，并不懂得计谋韬略。”诸葛亮笑着说：“伯约深知我心啊！现在天上彤云密布，朔风紧急，马上就要下雪，到那时我就可以施计破敌了。”接着，他令关兴、张苞也引兵到指定地点埋伏起来；命令姜维领兵出战，并嘱咐说：“只要看到铁车兵来了，就退后便走；寨口虚立旌旗，不设军马。”到此，诸葛亮一切准备就绪。

当时，正是隆冬腊月，果然天上降下了大雪来。姜维按计划引兵出战，一见越吉带着铁车军便退走，羌兵一起追到蜀寨边上观看。正看得有味，忽听寨内飘出琴鼓之声，四壁都空竖着旌旗。羌兵急忙向越吉报告，越吉疑虑，不敢轻进。雅丹丞相却说：“这是诸葛亮的诡计，虚设疑兵。我们要抓住战机，一举夺下蜀寨。”越吉带兵到寨前，看到诸葛亮携着琴上了小车，带着几个人进寨向后边去了。羌兵攻入蜀寨，赶过山口，只见小车隐隐约约地转到树林里去了。雅丹又鼓动越吉说：“你看着这样的军队，就是有埋伏，又有什么可怕的，干！”于是，他们驱兵紧追。

羌人见姜维的兵都在雪地里奔走，越吉更加恼怒，下令军队急速追杀。山路被皑皑的白雪覆盖着，平平坦坦。羌兵

乘兴追击，忽然有人报告："蜀兵从后面出来了。"雅丹很不以为然，带着训斥的口气说："即便有些小伏兵，有什么可怕的！"遂带领大军继续追赶。突然一声响，如山崩地陷，羌兵全部落入坑堑之中，背后铁车正以快速行进，急难收住，并拥而来，自相践踏。后边的军队想往回跑，左边关兴，右边张苞，同时杀出，万箭齐发；背后姜维、马岱、张翼三路兵又一齐杀到，铁车军大乱。

越吉元帅往后面山谷里逃跑，正遇着关兴，交战一个回合，被关兴大喝一声，举刀砍死于马下。雅丹丞相早被马岱活捉，押解到大寨来。羌兵四散逃窜。诸葛亮升帐，马岱押过雅丹来。诸葛亮让武士们为雅丹松绑，并赐酒压惊，用好言好语抚慰他。雅丹深感诸葛亮的大恩大德。诸葛亮说："我们后主是大汉皇帝，命令我兴师讨贼，你为什么要帮助逆贼呢？现在我放你回去，转告你们国王，我国和你们是邻邦，从此永结盟好，不要再听反贼的话。"遂将所获羌兵和车马器械，全部还给雅丹，统统放他们回去。

诸葛亮一边派人持奏表向后主奏报捷音，一边带领三军连夜回祁山大寨。曹真一直等着羌兵的好消息，忽听人报"蜀兵拔寨收拾起程"，他同郭淮喜出望外。郭淮说："这是羌兵攻击的结果，我们要乘机追杀才好。"曹真同意，两人兵分两路向前追去。先锋曹遵正赶之际，被魏延拦截拼杀，一刀斩于马下。副先锋朱赞引兵追赶，忽然赵云带兵冲出，朱赞还没反应过来，已被赵云举枪刺死。曹真、郭淮见两路先锋有失，想收兵回逃，背后又有关兴、张苞两路兵杀出。他们围着曹真、郭淮痛痛快快地杀了一阵。曹真、郭淮冲出包围，带着败兵仓皇奔逃。诸葛亮的北伐大军，又一次奏响了凯歌。

险施空城计

曹真在诸葛亮手下损兵折将，哀伤不已，只得写表申报朝廷，乞求增加援兵。魏主曹叡设朝，近臣报告说：“大都督曹真，几次败给蜀军，折了两个先锋，羌兵又死伤无数，形势非常危急。现在又上表求援，请陛下裁处。”曹叡听了，大吃一惊，连忙问众官有什么退敌的好办法。华歆提议请曹叡御驾亲征，太傅钟繇并不赞成华歆的看法，但没公开反对，只是对曹叡说：“凡是为将领的，只要智谋超过别人，就能胜过别人。孙子说：‘知己知彼，百战百胜。’我觉得曹真虽然用兵已有很长时间，但绝对不是诸葛亮的对手。我愿以全家人的性命推荐一人，他完全可以打退蜀兵。不知皇上能不能批准？”曹叡说：“你是朝廷的元老大臣，有什么贤士可以退敌，快快请他来帮我分担忧愁。”钟繇接着说：“过去，诸葛亮准备兴师犯境的时候，非常畏惧这个人，所以到处散布流言蜚语，以致使你也产生了怀疑之心，把他罢官免职了。在这样的情况下，诸葛亮才敢长驱大进。现在陛下如果重新起用这个人，诸葛亮就不打自退了。”曹叡问是哪一个人，钟繇说：“骠骑大将军司马懿啊！”曹叡说：“这件事我也很后悔哟，现在司马懿在什么地方？”当他得知司马懿在宛城闲居时，立即派使者向司马懿传达他的旨意：司马懿官复原职，加封平西都督，就地调度南阳各路军马，疾速开赴长安。曹叡打算御驾亲征，命令司马懿回到长安聚会。

诸葛亮正在祁山寨中开会议事，忽然近侍报告：镇守永安宫的李严命令他儿子李丰来见。诸葛亮以为东吴发兵犯境，心中大为惊疑，连忙喊入帐中询问什么事。李丰说：“特来为丞相报喜。”诸葛亮不解其意，问：“有什么喜报？”李丰又说：“过去孟达投降魏国，实在是无可奈何，那时候曹丕非常喜欢他的才干，常以骏马金珠赠送他，也曾同车出入，并封为散骑常侍，领新城（今湖北房县）太守，镇守上庸、金城（今陕西安康）等地方，委以西南重任。自从曹丕死后，曹叡即位以来，朝中人都很嫉妒他。为此，孟达非常担心，常常对心腹们说：我本来是蜀国的将领，形势逼迫才弄到这个地步。现在，他常派心腹人送信给我父亲，有机会，定告诉丞相：当年魏国五路大军入川时，就有归蜀的心意。现在他在新城，听说丞相伐魏，打算起金城、新城、上庸三处军马，趁机里应外合：他取洛阳，丞相取长安，两京大定。现在我带人把他每次给我父亲的书信都送来了。”诸葛亮大喜，厚赏了李丰等人。

李丰刚刚离开，又有细作火速来报：“魏主曹叡一面御驾亲临长安，一面下命令让司马懿复职，并加平西都督，尽起南阳的军兵，聚会长安。”诸葛亮一听，大吃一惊，默不作声。在旁边的马谡说：“估量估量曹叡，他实在没有什么能耐。他如果真的来长安，轻而易举就可把他活捉。丞相，你为什么显得惊慌不安呢？”诸葛亮说：“唉哟!幼常啊，我哪里怕那个曹叡呢？唯独忧虑的是这位刚刚复职的司马懿!现在孟达要和咱们里应外合，共图大事，假若他碰在司马懿的手上，事情就全完了。孟达根本不是司马懿的对手，肯定要倒霉。孟达如果死了，要想得到中原，谈何容易！”马谡听了，也觉得不容乐观，紧跟着又说：“丞相，你为什么不写一封信速派快马星夜送去，让孟达严加提防呢？”诸葛亮认为马谡说出了自己的心里话，随即写了一封信，派快马连夜送给孟达。孟达这几天也心急如焚，天天盼望能得到诸葛亮的回音。这天，诸葛亮的信真的到了。他拆开一看，上面写着：

近日收到来信，看后知您秉持忠义之心，仍不忘蜀汉，我非常高兴。如果所约大事成功，您是汉朝中兴的第一功臣！不过，我认为您应极其慎重，确保机密，切切不可随便告诉别人、托嘱别人。要慎重啊！千万要慎重！最近听说曹叡重新起用司马懿，并命令他担任大都督。如果让他得知您甘当蜀军内应，肯定要首先对您采取措施。务必要慎重考虑，采取万全之策，加以提防，千千万万不能当成可有可无的事哟！

孟达看完诸葛亮的来信，笑笑说道：“人人都说诸葛亮心眼太多，我看了这封信，才知道别人说的一点也不假！”于是，他立即写了回信，让心腹军士带去给诸葛亮。诸葛亮一听说孟达派心腹到来，立即升帐接见。他拆信细看，上面写道：

信中欣得丞相教诲，怎敢有点滴怠慢！我认为司马懿复职并任平西大都督的事，丝毫不要畏惧。因为：南阳离洛阳将近八百里，到新城足足一千二百里。如果司马懿听说我孟达起义反叛，必须报告魏主曹叡。这样一来一往，没有一个月的时间不行。有了这段时间，我的城池修复坚固，各位将领和三军兵士全部进入深险要地。就是司马懿来，我孟达又有什么可怕的？请丞相务必放心，就等着听我的捷报吧！

诸葛亮看完信，差点肚皮都气炸了，把信往地上一甩，跺着脚说："完了，孟达肯定要死在司马懿的手下！"马谡连忙问："为什么，丞相？"诸葛亮说："兵法讲：'攻其不备，出其不意。'哪里容许作一个月的假想？曹叡既然委任了司马懿，让他逢贼寇便立即剿除，怎么还要先报告呢？如果知道孟达反叛，不要十天，肯定率兵平叛，孟达哪里来得及防备哟！"众将都认为丞相分析得合情合理。诸葛亮把孟达的心腹喊来，交代说："你立即快速返回，告诉孟将军，如果还没举事，千万不要告诉其他任何人；如果别人知道，必然彻底失败。"送信的人走后，诸葛亮一直放心不下。事情确实没有出诸葛亮的预料。孟达约定叛魏归蜀后不久，金城太守申仪就派家人向司马懿密报，同时参与密报的还有孟达的心腹李辅和孟达的外甥邓贤。司马懿一听，大吃一惊，决定立即带兵去擒孟达。他的大儿子司马师说："父亲，这件事是不是先向皇帝报告，然后再做？"司马懿说："来不及了，如果先报告，等皇上下圣旨再干，要拖一个月，那时咱们全完了！"司马懿立即起兵，下令要一天走完两天的路程，谁迟误杀谁的头。为了不使孟达怀疑，还派参军梁畿去新城，通知孟达准备起兵征进。

司马懿进军的路上，抓到了那个为孟达送信的心腹，并从他身上搜出了诸葛亮写给孟达的信。司马懿看完信，用手拍拍头说："世上有能力的人往往见解一样。我的计划全部被诸葛亮识破了。天子真有福气啊，这个消息被我早早掌握了。孟达，孟达，你还有什么本事吗？”于是命令军队，昼夜兼程，直抵新城。孟达自以为是，精心准备着叛魏降汉的事。梁畿到新城后，孟达更为得意，暗暗想道：“我大事肯定成功了！”第二天打起大汉的旗号，发起各路军马，径取洛阳。忽然有兵士急报：“城外尘土冲天，不知何处兵来？”孟达登城一看，见是魏国右将军徐晃的旗号，大吃一惊，急忙命令扯起吊桥。徐晃勒不住坐马，一直冲到城壕边，高喊：“孟达反贼，快快投降！”孟达大怒，开弓一箭，正中徐晃头额。魏兵退去，孟达正准备打开城门，追杀魏兵，四面旌旗蔽日，司马懿的大军已经迫近城门了。孟达仰天长叹说：“果然不出诸葛亮所料啊！”于是紧闭城门，不再出战。司马懿的军队把城围得像铁桶似的，孟达在城中坐立不安。第二天，孟达见申耽、申仪的兵马到来，以为是来解围救援的，急忙打开城门，引兵杀出。申耽、申仪大叫道：“孟达反贼，早早受死！”孟达见势不妙，急忙回城，哪知城上乱箭射来，李辅和邓贤大骂道：“反贼孟达，我们已经献出城池了！”孟达人困马乏，无路可走，被申耽一枪刺死。司马懿平叛结束，大军开到长安城外下寨，马上入城拜见曹叡，汇报了平叛的经过。曹叡高兴，赐给司马懿一对金钺斧，并批准他以后遇到机密重事，可不必奏报，便宜行事。同时命张郃为前部先锋，随他和司马懿一起出长安破蜀。

司马懿与张郃一同出征。出关下寨后，司马懿与张郃商量说：“诸葛亮平生谨慎，从不轻易行事。假如是我用兵，就从子午谷径取长安，早得到多时了。他不是没有智谋，而是担心有失误，不愿冒险。现在他肯定出兵斜谷，来取郿城。若取郿城，必分兵两路，专派一军取箕谷。我已命令拒守郿城，如蜀兵来不准出战；又令孙礼、辛毗截住箕谷道口，如蜀兵来就出奇兵迎敌。”张郃问：“现在将军打算从哪里进兵？”司马懿笑笑，沉静地说：“我早知秦岭以西有一条路，地名街亭，旁有列柳城，这两处为汉中咽喉要道。我们直接取街亭，离阳平关就不远了！”张郃大悟，拜伏于地说：“都督神算啊！”随后，根据司马懿的安排而进兵。

诸葛亮在祁山寨中，忽听细探报道：“孟达已被司马懿除掉。现在司马懿和张郃领兵来拒我师。”诸葛亮大惊，说道：“孟达做事不知保密，死也应该！现在司马懿出关，必取街亭，断我咽喉要道。”停了停，看着身边的将领问道：“谁敢领兵去守街亭？”话音未落，马谡抢先说道：“我愿前往！”诸葛亮说：“街亭虽小，关系重大，如街亭一失，我蜀汉大军就全完了！你虽然深通谋略，但街亭无城郭，又没有险阻，很难守住。”马谡不以为然，心里总觉得诸葛亮不信任他，最后有点不耐烦地说：“丞相，不要说司马懿、张郃，就是曹叡亲自来，又有什么可怕的！如果有失误，请杀我全家抵罪。”不仅说，还坚持要立军令状。诸葛亮同意他去了，并派谨慎的王平去协助他，想想还是不放心，又派高翔、魏延随去援助。马谡到街亭看罢地形，笑着对王平说：“丞相简直太多心了，这个不显眼的地方，魏兵哪里会来！”随后，决定屯兵山上。王平提意见，他不听。后来，王平只得领五千兵单独下寨，做好救援的准备。同时，把下寨的情况画成图，密报诸葛亮。诸葛亮捧图一看，大惊失色，说：“马谡无知，坑陷我军了！”正准备派杨仪去替回马谡时，又有探马来报：“街亭和列柳城已全部失守！”诸葛亮两眼湿润，跌足长叹说：“完了，大事完了！都是我的过错啊！”他密传号令，教大军暗暗收拾行装，准备启程。又派心腹人分路告诉天水、南安、安定三郡官吏军兵，统统都回汉中。又派可靠的下属到冀县去把姜维的老母亲也送往汉中去。

诸葛亮安排就绪，先带五千兵去西城搬运粮草，忽然飞马来报：“司马懿引大军十五万向西城蜂拥而来！”这时诸葛亮身边没有大将，只有一班文官，所领的五千兵已分出一半去运粮草，只剩下二千五百军兵在城中。众官知道这个消息，脸上全吓得变了颜色。诸葛亮登城一看，马上传出命令：“把所有旌旗统统收藏起来，军士们各自守在城上巡哨的岗棚里，如有随便出进城门或大声说话的，斩首！大门四开，每一门用二十四个军士扮百姓洒扫街道，如果魏兵到来，不要乱动。”吩咐完毕，诸葛亮身披鹤氅，头戴纶巾，带着两个小童子和一张琴，在城上敌楼前，凭着栏杆坐下，点起香弹琴，像没事人一样。司马懿大军近城，一看诸葛亮这副模样，心中大疑，急令退兵。诸葛亮看魏兵远去，拍手笑了起来。众官无不惊骇，问诸葛亮说：“司马懿是魏国的名将，今统领十五万精兵到西城，怎么刚见丞相就急忙逃跑了呢？”诸葛亮说：“他知道我平生谨慎，必不冒险；刚才一见城中形势，怀疑有伏兵，所以退去。我并不是想冒这次险，实在是不得已啊！”众人都惊服说：“丞相之机，神鬼难测！”

西城

挥泪斩马谡

诸葛亮险施空城计，吓跑司马懿，连忙传令大军连夜奔回汉中。赵云接到命令，同邓芝商量说：“魏军知道咱们退兵，必然来追，我先领一军埋伏在后面，你带兵打着我的旗号慢慢撤退，我一步步护送您。”魏将郭淮带兵回到箕谷道中，告诫先锋苏颙说：“蜀将赵云英勇无敌，你要小心提防，如果他的军队撤退，肯定有诡计。”苏颙高兴地说：“都督如果愿意接应，我保证活捉赵云。”好吹牛的苏颙带三千兵追赶蜀军，刚刚相遇交锋，被赵云一枪刺死于马下。赵云看见后边魏兵追赶很急，索性勒马挺枪，站立路口，等着来将交锋。魏将万政早就认识赵云，不敢上前交锋，赵云一箭射中万政的盔缨，用枪指着说：“我饶你一条活命，快回去叫郭淮来战！”魏兵胆怯，慌忙逃跑。赵云护着车仗人马，撤回汉中，沿途毫无损失。

诸葛亮回到汉中，计点军士，见赵云、邓芝没回，心中着急，立即派关兴、张苞带兵接应。正在这时，赵云、邓芝已到，没折一人一马，辎重器械也没遗失。诸葛亮非常高兴，亲自带着各位将领前往迎接，赵云慌忙下马伏地施礼说：“败军之将，怎么敢让丞相远接！”诸葛亮连忙扶起，拉着他的手一边自我检讨，一边表扬赵云道：“是我不识贤愚，以致弄到这种地步！各处兵将都遭败损，唯独子龙不折一人一马，你有什么法道？”邓芝把情况简要说明后，诸葛亮说：“真不愧为大将军啊！”马上命令取金五十斤赠给赵云，又取绢一万匹赏给赵云的部卒。赵云立即拒绝道：“三军无尺寸之功，我等都是有罪之人，如果受赏，就是丞相赏罚不明了。请暂时归入仓库，到今年冬天赏赐各路军士也不迟。”诸葛亮听到老将军这席话，热泪夺眶而出，感叹道：“先帝在世时，常常称赞子龙的品德，现在看来果真如此！”从此，诸葛亮对赵云更加钦敬。

诸葛亮和赵云刚刚分手，忽然军士来报：马谡、王平、魏延、高翔来到。诸葛亮先把王平喊入帐内，严厉批评他说：“我让你和马谡同去守街亭，临行前又反复向你交代过，为什么不提建议，造成失误大败？”王平见到丞相，内心也觉得惭愧，只好如实说道：“我当时再三相劝，要在当道筑土城，安营把守。马谡大怒不听，我因此才领五千军离山十里下寨。魏兵突然到来，把山四面围合，我带兵冲杀十余次，但都冲不进去。第二天，我部已土崩瓦解，大多数已投降魏军。我孤军难立，急忙到魏延处求救。半路上又被魏兵围在山谷中，结果奋力杀出。等赶回营寨，哪知又被魏兵占了，再奔到列柳城时，路上遇着高翔，遂分兵三路去攻打魏寨，希望能夺回街亭。因发现街亭没有伏兵，心中感到怀疑。我登高一看，只见魏延、高翔已被魏兵围住，我立即杀入重围，救出二将，就和马谡合并一处。我恐怕再丢失阳平关，便急忙回守。我说的全是实情，丞相不信，可以向各部将校调查。”诸葛亮汇合各方信息，也觉得责任已经明确，便喝退王平，传令马谡入帐。

马谡深知罪情严重，自己捆绑着跪到诸葛亮的军帐前。诸葛亮气得脸色大变，说：“你自幼饱读兵书，深知战法，我反复告诉你：街亭是我们的根本。你以全家性命担保，领受这般重任。如果早听王平的劝告，怎能有这等祸患！现在，败兵折将，丢失我军事重地，全是你自己的罪过！如果不明正军法，怎么能使众人服从命令？你严重违犯军法，不要怪我不讲情面。你死之后，你的家小，我按月供给所需物品，不必挂心。”说完喝令左右把马谡推出斩首。马谡哭着说：“丞相你对我像亲生儿子一样关照，我也一直把你当成父亲尊敬。我犯下死罪，实在难逃；请求丞相能像舜帝那样，虽杀鲧而起用禹，使他的儿子获得事业的成功，这样，我死在九泉之下也毫无遗恨了！”诸葛亮这时也已泪如泉涌，他对马谡说：“我和你义同兄弟，你的儿子也就和我的儿子一样，不必多嘱。”左右把马谡推出辕门之外，正要斩首，突然蒋琬从成都赶来，看了大惊，高叫：“刀下留人！”连忙入帐见诸葛亮，劝道：“过去楚晋相战，楚国大将成得臣因失利被逼自杀，晋文公听说这件事非常高兴。现在，天下未定，而杀死智谋之臣，难道不可惜吗？”诸葛亮一边流泪一边回答说：“过去，孙武之所以能制胜天下，原因就是法度严明。现在四方纷争，战争刚刚开始，假若废除法令，靠什么征战讨贼呢？马谡啊，是理所当然要杀的。”不一会儿，武士们把马谡的头献在阶下。诸葛亮一见，更是大哭不已。蒋琬问道：“现在马谡有罪，既然已正军法，丞相为什么又这样痛哭呢？”诸葛亮擦去泪水，说：“唉！我并不是因为马谡被杀才哭。我想先帝在白帝城临去世前曾嘱咐我说：‘马谡言过其实，不可大用。’现在果然应验了，我悔恨自己太愚昧，回想先帝的话更觉难过，所以痛哭！”大小将士，听了诸葛亮的这一番话，无不流泪。

诸葛亮为了严肃军纪，斩马谡后，令人把他的身首缝合好，以棺深葬，并写了祭文悼念，对马谡一家老小优厚抚恤，按月给予钱粮；并自责街亭失守手自己有关，所以他自己写了一份表文，令蒋琬报告后主刘禅，请求自贬丞相职务。蒋琬回到成都，见了后主，献上诸葛亮的表章。后主拆开一看，上面写道：

> 我才能很微弱，占据着不能胜任的职位，奉命督率三军，不能按章教训部下、严肃法纪，遇事不慎重，以致出现马谡在街亭违背命令的错误和箕谷戒备不严的失误，这些过错都是因为我用人指挥不当造成的。我对属下了解不深，遇事考虑不周。按照《春秋》战事失利当责罚主帅的精神，我职责正好相当。请把我降职三级，以示惩罚。

后主看完表章，说："胜负乃兵家常事，丞相怎么写了这份表文？"侍中费祎在旁边建议说："我听说要治理好一个国家，必须把遵守法令当做第一位的事。法令不能行，靠什么服人呢？丞相这次北伐失败，自己请求降级，是很合适的。"后主刘禅采纳了费祎的建议，免去诸葛亮的丞相职务，降为右将军，但仍然行使丞相的权力，总理军民事务。诸葛亮知道后主批准他降职三级，并没感到羞愧和无脸见人，他以国家大事为己任，热情更高，责任心更强。他一方面奖赏有功的人员，抚恤阵亡将士的家属；一方面休整军队，等待再次出征的机会。费祎对诸葛亮说："这次北伐失利，责任不在丞相，日后你再统率数十万大军北伐，定可踏平魏国。"诸葛亮说："我军在祁山、箕谷，数量都多于敌军，但没有取得胜利，反而为敌军所败，其毛病不在于兵少，而在于统兵的将领，主要是在我个人身上；现在我打算精减兵将，严明赏罚，反过思错，认真研究将来如何制胜的方法。如果不能这样，虽然兵多，又有什么益处呢？从今以后，凡是忠心考虑国家的，都要经常指出我的缺点，批评我的错误。只有这样，大事才可以成功，敌人才可以消灭，不需要花费多久的时间，就可望大功告成了。”

以后，诸葛亮在汉中，惜军爱民，厉兵讲武，制造攻城渡水器械，聚积粮草，预备战筏，为以后北伐中原积蓄实力。消息传到洛阳，魏主曹叡即诏司马懿商议收川的计划，司马懿说：“蜀国现在不可进攻。目前天气极其炎热，蜀兵肯定不会出战；假如我们的军队深入蜀地，他们紧紧守护着险要关口，我军很难攻下。”曹叡问：“假如诸葛亮再领兵侵犯我们，怎么办呢？”司马懿说：“主公放心。我已算定这次诸葛亮肯定要模仿当年韩信‘明修栈道，暗度陈仓’的计谋。我推荐一个人去陈仓道口，筑城守御，万无一失。这个人身高九尺，猿臂善射，很有谋略。假如诸葛亮再来入侵，有他在完全可以抵挡得住。”曹叡问：“这人到底是谁？”司马懿笑着说：“他是太原人，姓郝，名昭，字伯道，现为杂号将军，镇守河西。”曹叡一听说郝昭可退诸葛亮，心中高兴，立即加封郝昭为镇西将军，严令紧紧把守陈仓道口，以防诸葛亮派兵前来进攻。

再呈出师表

建兴六年（公元228年）秋天，魏军和吴兵交战，魏国都督曹休率领的军队在石亭（今安徽潜山东北）被东吴陆逊率领的军队打败，损失惨重。曹休害怕得厉害，积虑成病，回到洛阳不久便死了。魏主曹叡命令厚葬曹休。司马懿也正好领兵回来，众将问他说："曹都督兵败，同你有密切的关系，为什么要急着回来呢？"司马懿说："我算到诸葛亮知我们吃了败仗，必然乘虚率领大军来攻长安。假若陇西一带紧急，谁能救呢？所以我必须回来。"当时众人认为司马懿害怕坚持战斗，故找借口逃回，所以都不讲什么话，只是会心一笑，各自散去。

东吴大败魏兵以后，派使者送信到蜀国，一方面显示自己的威风，一方面沟通两国和合之好，并请兵伐魏。后主刘禅很高兴，派人把信送到汉中，将消息报告诸葛亮。这时，诸葛亮经过一段时间的休整养息，兵强马壮，粮草丰足，征战所用物品全部准备齐全，正要兴师北伐。他听到这个消息后，设宴大会各位将领，商议进兵方案。正饮酒间，忽报镇南将军赵云的大儿子赵统和二儿子赵广一起来见丞相。诸葛亮一听，浑身颤抖，酒杯摔到了地上，他脸上挂着两行泪水说："子龙去世了！"果然不错，赵统、赵广一见到诸葛亮，就跪倒说："老父已于昨夜三更病重而死。"诸葛亮悲痛欲绝，大哭不止。众人急忙劝解，要丞相多多保重。他停了停，一边流泪一边摇着头说：“子龙病故，国家损一栋梁，我失去一条臂膀啊！”众人无不流泪。诸葛亮忍住悲痛，劝慰赵云的两个儿子，并让他们快到成都报丧。后主听说赵云已死，放声大哭说：“我幼小时，如果不是子龙救护，早死在乱军之中了！”于是，发布命令追赠赵云为大将军，谥封顺平侯，把他安葬在成都锦屏山东边，建造庙堂，一年四季享受祭礼。又封赵云的大儿子赵统为虎贲中郎，二儿子赵广为牙门将，二人拜谢而去。

随后，刘禅接到近臣的报告，说诸葛亮已把军马调遣完毕，准备明天就出兵伐魏。刘禅听身边各位大臣都说不可轻易出兵，心里犹疑未决。忽然，杨仪来到，把诸葛亮写的奏表送给后主刘禅。刘禅拆开一看，表中写道：

先帝考虑到汉、魏势不两立，要实现统一的事业就不能偏安于一方，所以托付我要讨伐魏国；凭先帝的英明，来衡量我的才能，已经料到让我伐魏，必然是我的能力微弱，而敌人的力量强大。但是，我如果不伐魏，统一的事业也要失败。与其只是坐等失败，那就不如主动去讨伐他们，因此便把讨伐魏国的重任托付给我而不再迟疑了。我从接受任务那时起，觉睡不安，饭也吃不好，我考虑要想顺利北上伐魏，必须先去南方平定叛乱，所以我自率大军于五月渡过泸水，深入到那荒芜的地区，两天才吃到一天的粮食。我并不是不知道爱惜自己，而是看到统一的事业不能在蜀国都城偏安保全，所以便冒着危难来遵行先帝的遗志。目前，有些爱发议论的人认为我提出的计划是错误的。我感到并不是这样，现在敌人在西线正陷于疲惫，又忙着应付东在线的危机，兵法上说要趁敌人疲劳时发动攻击，眼下正是出师的好时机。我恭谨地陈述自己的意见如下：

高帝的英明同日月一样，他的那些谋臣智慧像深渊一样，但他们也是经历了种种艰险，遭受过许多挫折，由危难而后才安定天下的。现在陛下不如高帝，谋臣也赶不上张良、陈平，却想用长期相持的办法取得胜利，坐等天下平定，这是我无法理解的第一点。当初，刘繇、王朗各自占据一州一郡的地盘，一起议论安定天下的计策办法，便动不动引用圣人的话，弄得自己一肚子疑虑，满脑子困难，今年不敢打，明年仍不出征，结果让孙策顺顺当当强大了起来，吞并了江东。这是我无法理解的第二点。曹操的智慧和计谋比一般人要高明得多，他用兵打仗，好像孙武、吴起一样，但他也曾在南阳被围困，在乌巢遇危险，在祁连遭危急，在黎阳受逼迫，在北山一场惨败，在潼关差一点丧命，从这以后才暂时安定一下。何况我的才能微弱，却想不经危难就平定天下，这是我无法理解的第三点。曹操五次攻打昌霸没有攻下，四次越过巢湖南征孙权都没成功，任用李服而李服却阴谋杀害他，委任夏侯渊守汉中而夏侯渊却失败身亡。先帝常称赞曹操有才能，而他还有这样的失误，况且我的能力低下，怎么能出师必胜呢？这是我无法理解的第四点。从我北驻汉中，到现在不过是一年多的时间，却先后死去了赵云、阳群、马玉、阎芝、丁立、白寿、刘郃、邓铜等及曲长屯将七十多人，冲锋陷阵的将领已经没有以前多了，由賨、叟、青、羌等民族组成的散骑、武骑一千多人，都是几十年来从各地集合起来的精锐，不是益州一地所能组成的力量，如果再过几年就会减少三分之二，到那时将用什么来打败敌人呢？这是我无法理解的第五点。现在我们民众穷困、士兵疲惫；但同曹魏的斗争不可能停止。斗争不能停止，那么坐等别人来打和主动出兵进攻，两方面劳累士兵和消耗费用是相等的，如果不抓住战机出兵消灭他，却想凭着一州之地与敌人持久抗衡，这是我无法理解的第六点。

事情的发展变化是很难判断的，当初先帝在楚地被打败的时候，曹操高兴得拍手，认为天下大局已定。但后来先帝与孙权结成联盟，向西夺取了益州，接着出师北伐汉中，击杀夏侯渊。这样看来，曹操的计谋失败，蜀汉的事业可以成功了！可是后来孙吴又违背了盟约，关羽兵败被杀，于秭归伐吴又惨遭失败，曹丕则自立为皇帝，事情就是这样瞬息变化，很难能够事先预料到。我决心为国家鞠躬尽瘁，死而后已，至于事情的成功与失败，顺利或困难，那不是我的能力所能预先看清楚的。

后主看完奏表，非常高兴地说："丞相忧国之心，令人感动，我同意他兴师北伐。"并令杨仪去回报诸葛亮。诸葛亮接到后主的命令，调动三十万精兵，令魏延总督前部先锋，径奔陈仓道口而来。

陈仓道口是古来兵家必争之地，曹真事先已派郝昭领兵守备。蜀兵出击，迟迟攻打不下。诸葛亮正为难之际，忽然帐下一人自告奋勇地说："丞相，我虽然没有什么才华，但已跟随你多年，没曾报效。我愿意到陈仓城中，说郝昭来投降，不需要一张弓一支箭，便可成功。"诸葛亮一看是靳祥，便问："你用什么言语可以劝他投降？"靳祥回答说："郝昭和我都是陕西人，我们从小就相处很好。我现在到他那里，分析利害关系给他听，他必然会来投降的。"靳祥到了陈仓城中，以同乡好友的身份劝郝昭投降，哪知碰了一鼻子灰，被郝昭严词拒绝。郝昭确实是个很有办法的人，加上陈仓城池高大、坚固，所以这一仗打得极其激烈、艰苦。攻城的蜀国军队架起云梯，被郝昭指挥兵士用火箭射中，燃烧起火，蜀兵大部分被烧死。蜀军改用冲车来攻城，又被城上的魏兵掷出的大石块砸坏了。接着蜀军又运土填平城外的壕堑，沿城筑起一个个高高的土岗，准备借助土岗强行攻城，结果也没成功。后来诸葛亮又改变战术，让兵士从地下掘道，攻到城里去。哪知道魏兵早有准备，在城中挖了好多的横沟，使得诸葛亮的计谋再一次失败。激烈的战斗一直打了二十多天，诸葛亮没能攻下陈仓。

正在这时，魏将王双领兵前来增援陈仓。王双，陇西狄道人，字子全，身长九尺，面黑暗黄，熊腰虎背，使六十斤重的大刀，骑千里征驹马，开两石铁胎弓，暗藏三个流星锤，百发百中，有万夫不当之勇。当时曹真怕郝昭难敌诸葛亮，特向魏主推荐王双，要两人一道带兵十五万，前往陈仓救援。诸葛亮听说魏将王双率军前来增援郝昭，立即派谢雄迎战王双，战不到三个回合，谢雄被王双一刀劈死。蜀兵败走，龚起接着迎战王双，又被王双杀死。诸葛亮听了败兵的回报，大惊，急派王平、廖化、张嶷三人出迎。两阵对圆，张嶷出马，王双纵马来战张嶷，好几个回合，不分胜负。王双假装败走，引张嶷紧紧追来。王双见对方中计，大喝一声：“休走！”流星锤早已打到张嶷的背上。王平、廖化急忙救回张嶷，王双驱兵追击，蜀兵死伤很多。诸葛亮见战死二将，张嶷又被打伤，把姜维喊来商议说：“陈仓道口这条路看来无法行通，别的能想出个什么办法呢？”姜维说：“陈仓城池坚固，郝昭守御严密，又得王双援助，实在不好攻取。不如令一员大将依山傍水，下寨固守；再派一员良将把守要道，以防敌人从街亭方向攻来；咱们率领大军去袭祁山。”说到这里，他向诸葛亮附耳叽咕说了一阵。说完，他们二人相视而笑。

这天，曹真突然收到了姜维派心腹送来的信。信中说：“愿意做曹真的内应，共同消灭蜀兵，活捉诸葛亮。”曹真看完信，极为高兴地说：“真是天助我成此大功啊！”随后把姜维暗降的事告诉了中护军大将费耀。费耀说：“诸葛亮多谋，姜维智广，或许是诸葛亮所使，恐怕其中有诈！”曹真不信，费耀又劝道：“都督你不能轻易出迎，只能坚守本寨。我愿意领一军接应姜维。如成功，全部功劳归属于都督；假若有奸计，我自己来抵挡。”曹真很受感动，同意费耀率军接应姜维。费耀估计得完全正确，姜维说投降就是计谋。费耀已知中计，为时已晚，又遭诸葛亮布兵的围杀，后来拼命冲杀，也无法逃脱，便自刎而死。其他魏兵全部投降。诸葛亮乘胜追击，指挥蜀军连夜赶往祁山扎营，收住军马，并重赏姜维。姜维说：“我恨没有杀死曹真！”诸葛亮说：“真可惜啊！大计小用了！”

奇袭陈仓道

诸葛亮在祁山寨里，每天让人出去向魏营挑战，魏兵就是坚守不出。于是，他和姜维商议道：“魏兵坚守不出，是估计咱们军中缺粮了。现在陈仓转运不方便，其他小路走道艰难。我算了一下，随军的粮草不够一个月用的，怎么办呢？”姜维还没来得及开口，忽来人报告：“陇西魏军运粮草千车在祁山西面，运粮官是个叫孙礼的。”诸葛亮忙问：“这是个什么样的人？”旁边有位已投降的魏兵说：“他是曹真的心腹！有一次，随魏主到大石山去打猎，人马惊起一只老虎，直奔魏主马前，孙礼下马拔剑杀死猛虎。从这时起，便被封为上将军。”诸葛亮听了，付之一笑说：“这是魏将猜到我军缺粮，有意采用这种计谋，车上装运的肯定是茅草等引火材料。我这辈子打仗最喜欢用火攻，对方也想用这种计谋诱骗我上当啊！他们如果知道我们的军队去劫粮，必然来劫我们的营寨。好，就来个将计就计吧！”诸葛亮调兵遣将，确定战术以后，诸将依计而行。

魏将孙礼果真把军队埋伏在祁山西，急待着前来上钩的蜀兵。这天半夜，马岱遵照诸葛亮的指示带着三千军兵来，人人嘴里都含着东西，匹匹战马都勒紧了口，轻而无声，直到祁山西面。蜀军一看许多车仗，重重叠叠，攒绕成营，车仗上都虚插着旗帜。正在这时西南风起，马岱命令军士速到魏营南边放火，瞬间车仗全部烧着，火光冲天。孙礼以为是蜀兵到魏寨放号火，急忙领兵一齐掩杀而来。只听背后鼓角喧天，两路大军杀来，一路是马忠，一路是张嶷。他们把魏兵围在中央，孙礼大为惊慌。又听到魏军里也喊声不断，原来是马岱的一彪军从火光边杀出。蜀兵内外夹攻，魏兵大败，孙礼突烟冒火而走。魏将张虎在营中看见火起，大开寨门，与乐綝带着所有人马杀奔蜀寨。到寨不见一人，知道不妙，正想要收军往回跑，恰巧吴班、吴懿两路兵杀出，切断了魏兵的归路。张虎、乐綝冲出重围，逃奔本寨，没想到营寨早被关兴、张苞夺取。魏兵大败，一起奔向曹真的大寨。曹真听毕各路败将的叙说，令严守大寨，任何人不准出战。

诸葛亮带领得胜雄师，暗暗退往汉中。杨仪很不理解，问道："丞相，我军大获全胜，本当乘胜再战，可你却令退兵，为什么呢？"诸葛亮说："我军缺粮，不能持久，魏军虽败，但一时坚守不出，咱们也无可奈何！另外，如果魏军用轻骑袭击我军后路，那时想撤退也撤不成了。现在，魏兵刚刚被我们打败，不敢正视咱们的军队，因此退兵是个好时机。我所忧虑的是魏延带领的那支军队，正在陈仓道口抗拒王双，暂时无法脱身。不过，我也已派人到魏延处授以密计，教他斩王双，使魏兵不敢来追。"当夜，蜀寨中只留下金鼓手打更报时，其余人全部安全退回。曹真不知前线敌方虚实，还在寨中忧闷着。忽报左将军张郃领兵到来，曹真松了一口气。待两人相见时，曹真问道："你既来增援，是否向司马懿告别了？"张郃说："司马懿吩咐说：'如果我军胜利了，蜀军必不马上退走；如果我军吃了败仗，蜀兵肯定立即撤退。'现在我军失利，都督是不是派人去打听蜀兵的消息了？"曹真告诉张郃没去打听，便派人去探看，果然都

是虚营，曹真后悔莫及。

坚守陈仓道口的魏延受了诸葛亮的计谋，按计行事，也于当夜拔寨急回汉中。魏国暗探发现了，立即向王双报告。王双认为战机已到，忙领兵奋力追赶，追了二十余里，见魏延的旗号在前，大声喝道："魏延休走！"蜀兵听到喊叫也不回头，王双拍马赶来。突然背后魏兵叫喊道："城外寨中火起，恐中敌人奸计！"王双急忙回马，只见一片火光冲天，慌忙命令退军。刚刚走到山坡左侧，忽然一人骑马从树林里冲出，大喝道："魏延在此！"王双丢魂失魄，哪里反应得过来，被魏延一刀砍于马下。魏兵疑有埋伏，四散逃奔。魏延斩将立功，心里有说不出的喜悦，嘴里说道："丞相用兵真神啊！"后人也有诗称赞诸葛亮说：孔明妙算胜孙庞，耿若长星照一方；进退行兵神莫测，陈仓道口斩王双。

曹真、张郃追不上蜀国军兵，回到自己寨中，接连听到两个消息：一是陈仓城郝昭病重；一是王双被斩。曹真感伤不已，因此积虑成疾，退回洛阳，只命郭淮、孙礼、张郃严守长安各条要道。

吴国暗探把这些消息报告孙权，东吴众臣都劝孙权兴师伐魏，以图中原。孙权还在犹疑中，张昭奏说："近来天降祥瑞，主公应即皇帝位，然后兴兵。"东吴的文臣武将都认为张昭的话非常正确，于是选定当年的四月丙寅这一天，在南昌南郊筑坛，请孙权登坛即皇帝位，改黄武八年为黄龙元年（公元229年）。孙权做了皇帝后，对内修文偃武，增设学校，以安民心；对外派使者去蜀国，约为同盟。东吴使者到成都见后主刘禅，详细说明来意。后主不知如何是好，聚众臣商议。当时好多人认为："孙权僭逆称帝，应该断绝和他的盟友关系。"蒋琬说："此事关系重大，应该派人去请示丞相。”后主认为有理，立即派人往汉中去问诸葛亮。诸葛亮对来人说：“复报后主：可派人带着礼物到东吴表示祝贺，并请求吴主孙权派陆逊兴师伐魏。那时魏国必派司马懿去抵抗陆逊。司马懿南拒东吴之兵，我乘机再出祁山，长安就可以得到了。”后主依照诸葛亮的意见，遣派太尉陈震带着名马、珠宝玉器去东吴贺孙权称帝。孙权果然大喜，连陆逊也不得不承认：“这是诸葛亮害怕司马懿采取的计谋；不过既然与蜀国结盟，也不得不这样做。”陆逊停了停，接着说：“现在，咱们可以做出马上起兵的声势来，同西蜀遥相呼应。等诸葛亮出兵伐魏攻势凌厉的时候，我们可乘着魏国忙乱空虚，兴兵进取中原。”当场议定后，陆逊立即发布命令：荆襄各地务必抓紧训练人马，择日兴师伐魏。

陈震自东吴回到汉中，报告了吴国孙权的态度，使诸葛亮掌握了吴国方面的信息，又得到了陈仓城中郝昭病危的情报，发自内心地笑了笑，说道：“我大事可以成功了！”立即喊来魏延和姜维，交代说：“你们二位各领兵五千，星夜直奔陈仓城下，如见火起，合力攻城。”二人还有些疑而不信，又来请示说：“我们哪天可以动兵？”诸葛亮笑脸含威，十分简洁地说：“三天之内准备齐全，不必再来见我，立即出发。”魏延、姜维刚走，诸葛亮又叫来关兴和张苞，附耳低言，如此如此，二人各领密计而去。魏延、姜维领兵到陈仓城下观察，既不见一面旗号，又没有打更报时的人，心里纳闷，不敢下定攻城的决心。忽然听到城上一声炮响，四周旗帜一齐竖了起来。二人惊魂初定，却看见一个纶巾羽扇、鹤氅道袍的人，大声叫道：“你们二位来迟了！”魏延、姜维一看，原来就是诸葛丞相，遂慌忙下马，拜伏于地说：“丞相真神计啊！”诸葛亮命令他俩进城来，对他们

说："我准确打听到郝昭病危的消息，才让你们三天内领兵取城，这实际是稳定众人之心的措施。我特意调动关兴、张苞，表面上说是点校军马，暗地里是急速开进汉中。我当时藏在他们军中，星夜疾速到了陈仓城下，使对方根本来不及整顿军事。这时，我事先安插在城内的暗探开始放火，发喊相助，使魏军惊疑不定。郝昭垂危，兵无主将，必然自乱。在这样的情况下，我夺取陈仓地，真是易如反掌。"魏延、姜维拜伏。诸葛亮做事一般不走绝路，常显仁慈心肠。他哀怜有才华的郝昭病死，马上命令郝昭的妻子、小孩扶灵柩回到魏国安葬，借以表彰郝昭为国尽忠的德行。尽管顺利地攻下了陈仓城，诸葛亮还是要继续战斗。他满怀深情地对魏延和姜维说："请二位将军不要卸甲，继续领兵袭击散关。把关的人如果知道蜀军已到，必然畏惧逃跑。注意哟，如果你们晚了，就有魏兵赶去，魏兵到关后，再想攻取就难上加难了。"二人立即领兵直到散关，守关的人果然全部逃走。二人正准备脱下战服休息，突然看到关外尘土飞扬，魏兵到来。魏延、姜维都说："丞相神算，无法测度！"二人急忙登城观看，领兵的将领正是魏国大将张郃。张郃被蜀军打得大败，仓皇逃走。

后主听说蜀军连连取胜，又派大将陈式来援助。诸葛亮的大军再次开到祁山，安营下寨，聚集众将领商议说："我二次领兵出祁山，都没获成功；现在又到了这里，我估计魏国将士可能依据往日战斗的阵地，同我们作战。他们的意思是估计我们要取雍、郿二地，肯定要在那里屯兵据守；我看阴平、武都二郡，与我接壤，如能夺取，也可分散魏兵的实力。谁能去夺下二郡来？"姜维应声答道："我愿意前往去夺取二郡！"王平也表态要去。诸葛亮很满意，立即决定姜维带兵攻武都，王平领军取阴平。

诸葛亮奇袭陈仓，攻取散关，又连续夺得武都、阴平二郡，魏国君臣惊慌成一团。正在病中的大都督曹真，听说形势危急，愿以大局为重，把大都督职位让给司马懿。司马懿领受了都督大印，辞别魏主曹叡，领兵直到长安，要与诸葛亮进行决战。

司马懿到了长安，听败将郭淮、孙礼说："武都、阴平二郡已失，诸葛亮埋伏军队于要路，前后夹攻，致令魏军大败。"司马懿连忙安慰说："失败，不是你们的罪。诸葛亮太狡猾了，计谋总是超我先行。你们现在领兵去守雍、郿二城，记住：一定不要出战，我有破敌之计。"二人走后，司马懿心生一计，喊来张郃、戴陵交代道："现在诸葛亮刚刚占领阴平和武都，肯定要四处安抚百姓，不会留守寨中的。你们各领一万精兵，去攻蜀寨，我自领兵在蜀寨前布阵，等蜀军阵势乱了，我大驱兵马，一齐奋勇杀去。这样两军并力，必然攻下蜀寨。那时，咱们依靠这一带山势，打败敌人就是易如反掌了！"结果，司马懿的计划被诸葛亮识破，布下重兵，将张郃、戴陵打得大败而归。司马懿大惊道："诸葛亮真是个神人啊！我们不如撤退吧！"于是，命令大军退回本寨，坚守不出。

诸葛亮率领得胜之师回到大寨，天天让魏延出寨向魏兵挑战，魏兵只是守而不战。一连半个月，双方不曾交战。诸葛亮正在帐中思虑下一步的事情怎么办，忽报后主刘禅派费祎送来了诏书。诸葛亮接入，焚香施礼结束，开诏宣读。原来是要诸葛亮恢复丞相职务。诸葛亮认为"国事未成，不能复职"，后来在费祎的劝说下，才肯领受。诸葛亮复职后，见司马懿老是不肯出战，于是采取以退为进的战术，每天缓缓退兵三十里，引敌人上当。后来张郃果然中计，大输了一阵。诸葛亮又出动两路军去袭司马懿大寨，吓得司马懿退兵守寨，再也不肯出战。诸葛亮退兵回营，正在想着起兵进取的方案，忽然成都来人报告张苞已死。诸葛亮听后，放声大哭，口中吐血，昏厥于地。众人急忙救醒。从此，诸葛亮病倒，卧床不起。军中将士见诸葛丞相对部将身死如此悲伤，无不感动。半个月后，诸葛亮的身体仍没有明显的好转，只好决定暂回汉中养病，再作进一步的打算。并吩咐部下："万万不可走漏消息，要是司马懿知道我回汉中，一定会来攻击的。"当夜便悄悄地拔寨回汉中。诸葛亮走后五天，司马懿方才知道，长叹一声："诸葛亮真有神出鬼没之计，我不如他啊！"

斗阵辱仲达

诸葛亮在汉中静心养病，日渐转愈。建兴八年（公元230年）七月，魏主曹叡听取曹真的奏表陈述，决定伐蜀，并拜曹真为大司马、征西大都督，司马懿为大将军、征西副都督，刘晔为军师，共领兵四十万，向汉中进发。其余郭淮、孙礼等将各取路而行。

这时，诸葛亮的病已好多时，精力恢复，每天操练人马，学习八阵法，样样精熟，正准备再出祁山，进取中原。忽然汉中来人报告：魏国出动四十万大军径奔剑阁，来取汉中。诸葛亮得知这个消息，立即召张嶷、王平二将来交代道：“你们二人先带一千兵去守陈仓古道，以挡魏兵；我随后领大军前去接应。”张、王二人便问道：“人报魏兵四十万，诈称八十万，声势浩大，你为什么只给我们一千兵去守隘口？假如魏兵一起开到，我们怎么抗拒？”诸葛亮说：“我本想让你们多带些人马，但又怕兵士太辛苦了！现在你们就带一千兵士去，若有疏失，罪在我，与二位无关。不许再多说！”二人跪下哀告说：“丞相认为我们有罪，要杀就现在杀吧，反正我们不敢领千兵守要道。”诸葛亮看见这种场面，忙笑着扶起二将说：“哎哟，怎么这样笨呢？我派你们去，我自然有我的道理。老实说了吧，昨天我仔细观察过天文气象，七月里肯定有大雨淋漓；魏兵虽有四十万，怎么敢深入山险地段？因此，不用重兵，决不会受

害。我把大军放在汉中休养一个月，等魏兵退时，再以大兵掩杀追击。我军以逸待劳，虽只有十万人马，却能敌魏兵四十万！”张嶷、王平听丞相这么一说，心花怒放，高高兴兴地领兵出发了。

曹真、司马懿同领大军，一直来到陈仓城内，却见不到一间房屋，找来当地人一问，都说是诸葛亮当年撤军时放火烧毁了。曹真听后要从陈仓道进发，司马懿劝止说：“不可轻易进发，我夜里观察天文气象，本月内必然有大雨降下，如深入重地，常胜还好，假若有疏失，我人马受苦，而且退兵都十分困难。我认为最合适的是现在在城里尽快搭建草棚，防备阴雨。”曹真认为有道理，依计而行。

还没住下半个月，天降大雨，连绵不绝，陈仓城外，平地水深三尺，军器全部淋湿，魏军吃不好，睡不安，马无草料，死者无数，士兵怨声不断。消息传到洛阳，魏主设坛乞求晴天，天也不理睬，还是照样刮风下雨。曹叡没办法，只好下命令让曹真和司马懿领兵还朝。

诸葛亮看看天象，计算时间，判断一月秋雨很快就要结束，但天还是阴蒙蒙的，便自领一军屯驻在城固（今陕西城固县西），又命令大军和他相会在赤坡，一起驻扎下来。诸葛亮对众将说：“我估计魏兵肯定退走，如果咱们追，要上他们的当，因为司马懿是会防备有追兵的。不如就让他们退去，我们另想办法取胜吧。”忽然王平派人来报告，说魏兵已回。诸葛亮马上告诉来人说：“快回去告诉王平：不能起兵追袭，我自有破敌的办法。”在旁边的各位将领中，有人提出疑问说：“丞相，魏兵苦雨退兵，正好乘胜追击，为什么不让我军出战呢？”诸葛亮说：“司马懿极会用手段，魏军撤退必留伏兵，我们追击，不正好上当吗？”停了停，又说："就让他们退吧，我们分兵直插斜谷而取祁山，使魏军来不及提防。"又有将领问道："夺取长安，有很多条路可走，丞相老是取祁山，是什么原因呢？"诸葛亮解释说："祁山是长安的门户，陇西各郡如果有兵来，这是必由之路；更主要的是前临渭水之滨，后靠斜谷要道，左右出入，可以伏兵，这里是用武之地。我之所以想先取祁山，是想得到地利啊！"众将听毕，都表示拜服。紧接着，诸葛亮命令魏延、张嶷、杜琼、陈式出箕谷；马岱、王平、张翼、马忠出斜谷；都在祁山聚会。安排结束，诸葛亮自领大军，令关兴、廖化为先锋，随后进发。

曹真和司马懿退兵途中，不见蜀兵追击。曹真纳闷，问司马懿道："蜀军知我退兵，为什么不追？"司马懿说："天气由阴变晴，蜀兵不追，估计我们有伏兵，所以让我们远远退走；不过，等我们军队撤完后，他们就没有什么顾虑去攻祁山了！"曹真不信，司马懿打赌似的说："你如何不信？我料定诸葛亮必然从两谷起兵。我和你每人把守一个谷口，以十天为期，如果没有蜀兵来，我脸抹红粉，身穿女人服装，来营中请罪！"曹真也说："假如蜀兵来，我把皇上赐给我的一条玉带和一匹御马都给你。"说罢即分兵两路：曹真去守斜谷口，司马懿去守箕谷口。

诸葛亮惟恐魏延、陈式等粗心轻敌，急派邓芝快马追上，传达命令说："如出箕谷，提防魏兵埋伏，不可轻进。"陈式略带轻蔑的口气说："丞相用兵疑心太重！我想魏兵连遭大雨，衣甲全毁，必然急退，怎么还会埋设伏兵？现在我军加速前进，很快就要大获全胜，偏偏又不让进军！如果丞相真的足智多谋，街亭也不会丢失了！"魏延一听陈式的话，又想到诸葛亮过去不听从他的计谋，也笑着说："丞相如果听我的话，轻兵直出子午谷，这时不要说长安，就连洛阳也到手过了。现在又固执己见要出祁山，有什么用处呢？既命令进兵，现又下令不准前进，怎么号令这般不明！”陈式来劲了，接着说：“我们干我们的！我带五千兵直出箕谷，先到祁山下寨，看他丞相害羞不害羞！”邓芝劝阻不住，只好飞报诸葛亮。

陈式一意孤行，带领人马没走几里路，忽听一声炮响，四面伏兵齐出，把蜀兵围得铁桶一般。正在危急时刻，魏延杀透重围，救出陈式；杜琼、张嶷又引兵接应，打退了魏兵。计点军马时，陈式所领五千兵只剩下四五百带伤人马。陈式、魏延这时才信服诸葛亮先见如神，后悔莫及。

邓芝回见诸葛亮，说魏延、陈式傲慢无礼，诸葛亮笑着说：“魏延心里窝着一股不平之气，我很清楚。这个人打仗很勇敢，所以我想用他，不计较他的过错。”正说着，忽报陈式被司马懿打败，折了四千多军马。诸葛亮怕陈式惧罪生乱，忙派邓芝再去抚慰。同时，他接受箕谷口的教训，命令马岱、王平严守军令，不得有误。马岱、王平、马忠、张翼遵令而行，配合丞相统领的大军，把曹真的军队打得落花流水。司马懿带兵救援，打退蜀兵。曹真脱险后，见到司马懿，羞愧得无地自容。司马懿劝他：“不再提打赌的事，只要同心报国。”诸葛亮打败曹真，大驱兵马，复出祁山。犒劳将士结束，魏延、陈式、杜琼、张嶷四人入帐请罪。诸葛亮问：“是谁害我几千军马来？”陈式看看魏延，说：“这是魏延叫我干的！”诸葛亮喝道：“他倒救你，你反攀他！已违将令，不必巧说！”即令武士推出斩首。诸葛亮杀了陈式，正想进兵，忽有军士来报：“曹真卧病不起，现在营中治疗。”诸葛亮大为高兴，遂提笔写成一封信，派投降来的魏兵送给曹真。曹真拆信一看，信中写道：

> 汉朝丞相、武乡侯诸葛亮，送呈书信至大司马曹子丹面前。我认为当大将军的，应该能去能守，能柔能刚，能进能退，能弱能强。不动如山岳，难测如阴阳；无穷如天地，充实如太仓；浩渺如四海，炫耀如三光。预知天文之旱游，先识地理之平康；察阵势之期会，揣敌人之短长。哎呀，像你这样的无学后辈，上逆苍天，助篡国反贼，称帝号于洛阳；走残兵于斜谷，遭霖雨于陈仓；水陆困乏，人马猖狂；抛戈弃甲遍城郊，弃置刀枪到处都是；大都督吓得心崩胆裂，大将军害怕得鼠窜狼奔！无脸面见关中父老，怎么进相府厅堂；史官们要用笔写下你的丑事，老百姓会用嘴到处传扬。司马懿见到陈仓阵势已胆战心惊，曹子丹听说打仗仓皇逃跑！我军兵强马壮，大将们龙腾虎跃，决心扫平秦川，把魏都荡为荒丘！

曹真本来病重，被诸葛亮这么一骂，恨气填胸，当天晚上，便死于军中。

司马懿把曹真的尸体送往洛阳安葬，遂提大兵来与诸葛亮交战。诸葛亮看罢战书，对各位将领说："曹真肯定死了！"于是在战书上批了四个字："来日交锋。"使者带战书回魏寨后，诸葛亮分别找来姜维和关兴，授以密计。第二天，诸葛亮尽起祁山军兵到渭滨。这里一边是河，一边是山，中间平川旷野，真是一片好战场！三通鼓罢，魏军阵中门旗开处，司马懿出马，众将随后而出。只见诸葛亮端坐于四轮车上，摇着羽扇。司马懿首先发话，说："我主效法尧舜，相传二帝，坐镇中原，所以容许蜀国和吴国存在，那是我主宽慈仁厚，害怕加兵伤害百姓。你只不过是南阳的一个种田汉，不知天数，硬要侵扰我境，按理应当把你剿除！如果省心改过，应当早早回去，各守自己的边疆，以成鼎足之

势，免得老百姓遭殃，你们这些人也可以保全性命。”诸葛亮听了，不但没生气，反而笑着说：“我受先主托孤之重，怎能不倾心竭力来讨贼呢？你们姓曹的一伙，很快就要被我消灭。你的祖父和父亲都是汉朝的大臣，世代享受汉朝俸禄，不想着报效朝廷，反而辅佐篡逆臣子，真不知羞耻！”司马懿满面羞愧，说：“我要跟你决个雌雄！你如能胜，我发誓不当大将；你如失败，早点回家去，我不伤害你。”诸葛亮问：“你是想斗将，还是想斗兵，或者斗阵法？”司马懿答：“先斗阵法。”诸葛亮说：“你把阵势布好让我看看。”司马懿刚刚布好，诸葛亮以嘲讽的口气说：“哎呀！算了，你这叫做‘混元一气阵’，我军中末将都比你熟练得多！”司马懿让诸葛亮布阵，诸葛亮布好，司马懿说：“你这叫做‘八卦阵’。”诸葛亮引诱他说：“说得不错，敢攻打吗？”司马懿回到阵里，喊出戴陵、张虎、乐綝三将，认真交代一番，命他们各领三十人马，从生门打了进去。双方众军呐喊相助，三人带兵攻入后，只觉阵式重重叠叠相连，都有门户，哪里分得清东西南北？三将又难以互助，只管乱撞，但见愁云漠漠，惨雾蒙蒙。喊声起时，魏军一个个都被缚起来送到中军去了。诸葛亮坐在帐中，手下人把魏军三将和九十个士兵全部捆好押来。诸葛亮带着胜利的微笑说：“我就是捉到了你们，也不足为奇！马上放你们回去见司马懿，教他再读兵书，重温战策，学好了，再来决一雌雄也不晚。既然饶了你们的性命，就把军器战马都留下吧。”于是命令把所俘的魏军将士衣服脱了，以墨涂面，步行出阵。司马懿一看，怒火中烧，喝令三军，拼死掠阵。两军一交锋，只听鼓角齐鸣，关兴、姜维先后杀出，魏军哪里抵挡得住，死伤十之六七。司马懿士气大减，只好在渭滨南岸下寨，坚守不出。

装神筹军粮

诸葛亮斗阵法获胜后回到祁山，恰逢李严派都尉苟安解送粮米来到军中交接。苟安喜欢醉酒，路上怠慢，一下子违期十天。诸葛亮极为恼火，喝训道："军中专以粮草为大事，误期三天就该处斩！你现在误了十天，有什么话说？"命令推出斩首。长史杨仪建议说："苟安是李严的下属，另外，钱粮多数来自西川，如杀了他，以后恐怕没有人敢送粮了。"诸葛亮也觉得有理，令武士解绑，打八十棒放走。苟安被训，怀恨在心，连夜带五六个亲随投奔魏寨去了。司马懿见苟安后，命令他到成都去散布流言，说诸葛亮有怨上之意，早晚要自称皇帝等，使后主刘禅把他召回。苟安回成都真的这样干了。朝中的宦官小人们又乘机调唆后主削去诸葛亮的兵权。刘禅昏庸，也不分析，就下诏把诸葛亮召回。诸葛亮看罢诏书，仰天叹曰："主上年幼，必有奸臣在旁捣鬼，我正要建功，为什么偏要召回？如果不回是欺负主上；如奉命撤军，以后再没有这样的好机会了！"姜维说："如魏军知我退兵，驱兵追击怎么办？"诸葛亮说："可分兵五路退走。今日，先退本营，假如营内有一千兵，却挖三千个锅灶，明天挖三千锅灶，后天挖四千。每天退兵，添灶而行。"杨仪问："过去孙膑捉庞涓，用添兵减灶的办法取胜，现在丞相退兵为什么增灶？"诸葛亮说："司马懿善于用兵，知我兵退必来追击；如果怀疑我们有伏兵，肯定要来旧营里数灶，见到每天增灶，难以断定是退或不退，就生疑而不敢追了。我们慢慢撤退，就没有损兵折将的后顾之忧。”大家敬服，遂按计退军。

诸葛亮回到成都，见过后主。后主开始谎称久未见他，很是思念，便下了诏书。诸葛亮知道这不是他的本意，道破有人在背后捣鬼，向后主说他有当皇帝的想法。后主无话可说，只得老老实实告诉诸葛亮：“我因为误听宦官的话，一时不明，把你召回，现在全都明白了，后悔也晚了！”诸葛亮清除了朝中宦官中的奸佞小人，又批评蒋琬、费祎不能觉察奸细、规谏后主等。整顿一番后，他又拜辞后主，重新回到汉中，一面发信让李严催办军粮送到前方，一面再商议出兵。杨仪建议说：“前几次兴兵，军力疲惫，军粮也接济不上；现在可分兵两班，以三个月为期。比如起动三十万人马，只领十万出祁山，住了三个月，就让这十万潜回，循环相转。如果这样做，军力不困乏，可徐徐而进，夺取中原。”诸葛亮说：“好！正合我意。”

建兴九年（公元231年）二月，诸葛亮亲率军马，再次进取中原。曹叡得知后，立即同司马懿商量，司马懿表示：“主公放心，我一定竭尽全力，剿除寇贼，以报答陛下。”他拜辞魏主，直奔长安，会合诸将，商议破蜀计策。张郃抢先说：“我愿意领一支军队进驻雍、郿，抗拒蜀兵。”司马懿说：“不如留兵守上邽，其余的全部开赴祁山。你愿意担任先锋吗？”张郃高兴地笑着说：“我一向心怀忠义，要尽力报国，遗憾的是一直没遇到知己；今天都督肯委我以重任，虽万死不辞！”于是，司马懿以张郃为先锋，总督大军，分道向祁山进发。同时，又对张郃说：“现在诸葛亮长驱大进，必将割陇西小麦，以资军粮。你可结营守祁山，我和郭淮巡逻天水一带，防止蜀军抢割小麦。”张郃答应，领四万兵直抵祁山。司马懿率大军向陇西进发。

诸葛亮率兵到祁山，知道渭滨已有魏兵防守，断定是司马懿带领的人马。他考虑再三，总觉军粮不足，召众将商量说：“目前营中缺粮，多次派人去催李严运米应付，可至今没有回音。我算算陇上小麦正值成熟季节，可暗暗地派兵去抢割，以解燃眉之急。”大家赞同，于是，诸葛亮决定留下王平、张嶷、吴班、吴懿四将守祁山营，他自己带领姜维、魏延等向卤城（今甘肃天水西南）进发。卤城太守早就钦佩诸葛亮，知他领兵到来，连忙开城门表示投降。诸葛亮抚慰官民后，问道：“现在哪里麦子熟了？”太守说：“陇上小麦已熟。”诸葛亮立即采取行动，他留张翼、马忠守卤城，自领诸将并三军直向陇上进发。忽然探细报告：“丞相，司马懿领兵在这儿。”诸葛亮听了大吃一惊，说道：“这个人已估计到我要来割麦了！”

怎么办呢？他转来转去，回到帐中，决定采取这种措施——装神。他当天就洗澡，更换衣服，令军士们推出早在成都已预备好的三辆四轮车来，车上装饰要求全部一样。他令姜维领一千军护车，五百军擂鼓，埋伏在上邽的后面；马岱在左，魏延在右，也各引一千军护车，五百军擂鼓。每一辆车，用二十四人，穿黑色衣服，光着脚丫子，披发，身佩宝剑，手执七星皂幡，在左右推车。三人按计办理。诸葛亮又令三万军士各持镰刀驮绳，准备抢收小麦。他还亲自挑选了二十四个精明的军士，也身穿黑衣，披头散发，光着脚推车；让关兴装扮成天神天蓬元帅的模样，走在车的前面，自己端端正正地坐在车上，向魏营中来。魏军探细见了，不知是人是鬼，火速向司马懿报告。司马懿出来一看，说："这又是诸葛亮在作怪！"于是命令精选两千人马，快速冲上去，连人带车，统统搞过来。魏兵冲出追赶，只见阴风习习，冷雾漫漫。魏军拼命追赶一阵，总是追不上。众人惊奇，纷纷议论说："奇怪，奋力追了三十里，眼看着就在前面，就是追不上。这怎么办呢？"诸葛亮见魏兵不再追赶，又回车来追他们。魏军气了，再追二十多里，还是追不上，全都傻呆了。诸葛亮又催兵推车倒行激怒魏兵。魏兵气愤，正准备再追赶时，司马懿到了，他马上命令："诸葛亮非常熟悉八门遁甲，能调动六丁六甲之神。这玩意儿是六甲天书里'缩地'（古代传说：东汉人费长房有仙术，一日之内，能和千里之外几个地方的人见面，说是'缩地术'）之法，众军不要再追赶了。"魏军正准备回走时，左边战鼓大震，一彪军马杀来，司马懿一看，大惊说："怪了，怪了，怎么又是诸葛亮？"话音未落，右边战鼓又响起来了，一彪军马杀来，领头坐在车上的还是诸葛亮。司马懿惊心动魄，乱了方寸，看看身边的将领，说："这是神兵！这是神兵！"魏兵本来心惊，听主帅一说，更是害怕，哪里还有心恋战，各自选路逃跑。正逃时，忽然鼓声又响，又是一路蜀兵杀来，当先还是一辆四轮车，诸葛亮端端正正地坐在上面。魏兵看见，惊恐万状。司马懿也真的搞不清是人是鬼了，更不知蜀兵有多少，内心惶惶，急忙领兵逃向上邽，躲起来不出战了，诸葛亮正好发动三万军士抢割麦子，运到卤城去打晒。

司马懿见蜀兵退去，连忙出城打听消息，知道是诸葛亮装神弄鬼时，仰天长叹道："诸葛亮有神出鬼没之机，活活气死人啊！"此时，副都督郭淮正好赶来，对司马懿说：

“我听说蜀国军队不多，现在卤城打晒小麦，可以去突然袭击。”司马懿一听，很有道理，立即分兵两路向蜀兵袭来。诸葛亮并不是傻瓜，他一边令军士们打晒小麦，一边交代诸位将领：“今晚敌人肯定前来攻城。我视察了一下，卤城东西麦田内，都可以埋伏军队，谁敢领兵前往？”姜维、魏延、马忠、马岱四位将领一致表示愿意前往。诸葛亮在关键时刻，见有这四大将军奋勇当先，非常高兴，当即下令：姜维、魏延各引兵两千，埋伏在东南、西北两处；马岱、马忠各引兵两千，埋伏在西南、东北两处，只要听到炮响，四支队伍从四个角上一齐杀出。四位将领领兵而去。诸葛亮也亲自领百余人，带上火炮出城，埋伏在麦地里，等着敌人上当。

司马懿带兵一直来到卤城下。这时天色已晚，他赶紧嘱咐各位将领：“如果白天进兵，城里肯定有准备，现在可以趁夜晚攻击。这个地方城墙不高，护城河也不深，很容易攻陷。”夜里一更天左右，郭淮也带兵赶到，两下会兵，一声鼓响，把卤城围得铁桶似的。城上见魏兵围城，万箭齐发，矢石如雨。魏兵不敢前进。忽然魏军中信炮连声，三军大惊，却弄不清何处来兵。郭淮为了弄清真相，派兵去麦田搜索，顿时四角上火光冲天，喊声大震，四路蜀兵，一齐杀来；加上卤城四门大开，城内军兵也杀出城外，里应外合，狠狠打了一阵子，魏军折兵三千，逃到山后扎住。司马懿和郭淮不服气，商量要雍、凉人马并力剿杀。

诸葛亮在卤城相拒很长时间，也不见魏兵出战，便告诉姜维和马岱说：“现在魏兵守住山险，不肯与我们交锋，估计原因是：第一估计我们抢收的麦子吃完了，军中缺粮；第二是派兵去袭击剑阁，断绝我们的粮道，你们从速各领一万军抢先去守住要道，魏兵见我们已有准备，自然退去。”长史杨仪来到帐内提议道：“当时丞相曾立下大军一百天一换的规定，现在期限已经到了，汉中的部队已经出了川口，前路公文已经报来，只等着会师就可交换。现在有八万军，其中四万该换班。”诸葛亮说：“既然已有规定，就按照规定办。”众军士听说：心里充满感激之情，一个个都忙着收拾东西，准备启程。忽然军士来报：“孙礼带雍、凉二十万人马来助战，去袭击剑阁。司马懿自己领兵来攻卤城了。”蜀兵一听，大为惊恐。

杨仪入帐对诸葛亮说：“魏兵来得甚急，丞相可以把换班军暂时留下，抗拒敌兵，等新来的兵到，然后再换。”诸葛亮思考了一下，说道：“不行的，我用兵命将，是以信为本；既然事先已经有了规定，怎么能失信呢？况且蜀兵该回去的，都已做好了回去的打算，他们的父母妻子也在倚门而望；我现在尽管有大难，也决不留他们继续战斗。”于是发布命令，让应该回去的将士，当天就回去。广大官兵听了这席话，都很激动，一齐大声呼喊：“丞相如此施恩于众，我们甘心情愿留下不走，每人拼上一条性命，大杀魏兵，以报丞相！”诸葛亮进一步劝慰大家说：“你们应该回家，怎能再把各位留下呢？”众军纷纷要求出战，没有谁想着回家。诸葛亮也为这些官兵的赤诚所感动，说道：“各位既要留下出战，可以出城安下营寨，等魏兵到时，不要给他们留下喘息的机会，便猛烈攻击，这是以逸待劳的战术哟！”广大官兵欢喜领命，各自带上兵器，出城列队待敌。

孙礼等带领雍、凉人马到来，已是人困马乏；刚想歇息，蜀兵一拥而上，人人奋勇，将锐兵骁，雍、凉兵哪里抵挡得住？节节败退，蜀军穷追猛打，魏军大败，落荒而逃。

诸葛亮亲自出城，集合得胜之兵，入城慰劳。忽报李严来信告急，说是东吴联魏攻蜀。诸葛亮大吃一惊，立即传令祁山大寨人马，统统退还西川。他估计魏兵知道消息，必然派兵追赶，遂令杨仪、马忠领一万弓弩手，去剑阁和木门道两下埋伏；如果魏兵到，听到炮响就滚下大石，先截断他们的去路，两头再一齐放箭射击：又令魏延、关兴领兵断后，城上遍插旗帜，城里乱堆柴草，还虚放烟火，造成假象，迷惑魏军。司马懿知道这又是空城计，派人去探听虚实，果然是一空城。有勇少谋的张郃领兵追击，又立功心切，直追不舍，结果被蜀兵射死在木门道中。诸葛亮指着奔逃的魏兵说："我今天围猎，本意想射得一'马'，结果误中一'獐'。你们各自安心回去吧，望告诉司马懿：他早晚肯定要被活捉。"司马懿见张郃已死，悲伤不已，遂收兵回洛阳。诸葛亮也领兵返回西川。

巧制木牛马

诸葛亮领兵回到汉中，正准备返回成都拜见后主，没料到李严妄奏后主说："我已把军粮全部办好，正要送到丞相军中交接，不知道丞相为什么突然班师回来了？"后主一听，立即派费祎去汉中见诸葛亮，问他为什么随便班师回朝？诸葛亮听费祎一问，惊出一头冷汗，他说："李严发书告急，说东吴将兴兵侵犯我境，所以催我回师。"费祎把李严在后主面前妄奏的内容一说，诸葛亮大怒，令人调查原因，原来是李严因军粮不济，怕丞相怪罪，所以才干了这种勾当。诸葛亮说："多可恶啊，竟然为了个人的一点私利，坏了国家的大事！"命令人把李严叫来，准备处斩，后主也表示赞同。蒋琬谏道："李严是先帝托孤之臣，请予宽大处理吧。"后主答应，和诸葛亮商定，把李严削职为民，送往梓潼郡闲住。诸葛亮回到成都，用李严的儿子李丰为长史，积草屯粮，讲阵论武，整治军器，慰问抚恤将士，准备三年后再出征伐魏。

日月如梭，光阴荏苒，不觉又过三年。建兴十二年（公元234年）春三月，诸葛亮入朝奏道："我休养整顿军士已经三年了。现在粮草丰足，军器完备，人马雄壮，可以伐魏。这次出征如不扫清奸党，恢复中原，誓不见陛下！"后主说："今日天下已形成了三足鼎立之势，吴国和魏国又不侵扰我们，相父为何不肯安享太平呢？”诸葛亮说：“我蒙受先帝知遇之恩太深，连做梦都在想伐魏的计策。竭力尽忠、为陛下收复中原、重兴汉室，这是我的愿望啊！”话还未完，太史官谯周站起来说：“丞相不可兴兵！”此人也颇晓天文气象，他对后主说：“近来有群鸟数万自南方飞来投水而死，百姓中也传闻柏树夜间啼哭等不祥之兆，表明不可轻举妄动，只可谨守。”诸葛亮说：“我受先帝托孤之重，应当竭力讨贼，怎能因虚妄的灾气，而误国家大事呢？”

于是，诸葛亮设祭于昭烈（刘备）之庙，哭着拜告说：“我五出祁山，没能夺得寸土，实有大罪！现在我又一次统帅全军，再出祁山，立誓竭力尽心，剿灭汉贼，恢复中原，鞠躬尽瘁，死而后已！”祭毕，拜辞后主，连夜赶到汉中，聚集诸将，商议出师。正在这时，忽有军士来报关兴病亡。诸葛亮放声大哭，昏倒于地，半天才苏醒过来。众将一齐劝解。诸葛亮叹道：“可怜忠义之人，天不能让他长寿；我这次出征，又少了一员大将啊！”

诸葛亮带领蜀兵三十四万，分五路进发。令姜维、魏延为先锋，都出祁山聚齐；命令李恢先运粮草于斜谷道口伺候。

魏主曹叡得到消息，急召司马懿商议。司马懿说：“陛下放心，现在形势对蜀国不利，诸葛亮总觉得他才智超人，违背规律干事，真是自取败亡哟！”他停了停，又说：“我愿保夏侯霸、夏侯威、夏侯惠和夏侯权四人同去。他们都是夏侯渊的儿子，常想着要为父亲报仇。”曹叡想了想，问道：“过去夏侯楙驸马违误军机，损了许多人马，至今羞惭不回。这四个人怎么样，该不会是同夏侯楙一样的人吧？”司马懿说：“这四人和他不一样，霸、威二人，弓马娴熟；惠、权二人，深知韬略。”曹叡同意四人前往，并令司马懿为大都督。司马懿起兵四十万，都到渭滨下寨；又拨五万军，在渭水上搭起几座浮桥，令先锋夏侯霸、夏侯威过渭水安营；又于大营之后东原，筑起一座土城，以防万一。

再说诸葛亮的军队到了祁山，按左、中、右、前、后下了五个大寨；自斜谷直到剑阁，一连又下了十四个大寨，分屯军马，从长计议。这天，忽报郭淮、孙礼领陇西兵士在北原安下营寨。诸葛亮对各位将领说："魏兵在北原安营的原因，是怕我军取了这条路，阻断陇道。现在我要虚攻北原（今陕西岐山南，渭水南岸），暗取渭滨。可令人抢扎木筏百余只，上载草把，选熟练的水手五千人驾筏。我夜里只打北原，司马懿肯定领兵前来相救，他们只要失利，我们就把后军先渡过对岸，然后让前军都上木筏，不要登岸，顺水取他浮桥，统统放火烧断，以攻其后。我自己带领一军去取他前营大门。如果占领了渭水以南，我们再进兵就容易得多。"没料到司马懿神机妙算，早早做好了准备。结果，强中还有强中手，这次诸葛亮的布兵不敌司马懿的布阵，北原兵、浮桥兵被魏兵一个个击败，损失了万余人马。

诸葛亮收聚败兵，心中十分忧闷。忽报费祎从成都来见。诸葛亮叙礼结束，说道："我有一封信，正想请你送吴主孙权，不知愿不愿意去？"费祎一口答应，并带着书信直接赶到建业（今江苏南京市）。孙权拆封一看，上面写道：

> 汉室不幸，王纲失纪，曹贼篡逆，蔓延到现在。我受昭烈皇帝托孤之重，怎敢不竭力尽忠呢？现在我军聚集祁山，狂寇将被消灭在渭水。恳求陛下考虑吴蜀同盟之义，任命一位将军领兵北征，共取中原，同分天下。

孙权看了，非常高兴，说：“我早就打算兴师北伐了，始终没找到与诸葛亮合作的机会。现在诸葛丞相既然有信来，我马上就出兵。我自己领兵攻魏的新城，再令陆逊、诸葛谨等屯兵江夏、沔口取襄阳；孙韶、张承等出兵广陵取淮阳等地，三处一齐进兵，共三十万人马，马上兴师。”费祎深表谢意，说：“如果真的这样，中原很快就可以攻下来了。”费祎拜辞孙权，回到祁山，说明上述情况，又赶赴成都去了。

诸葛亮正和诸将商议征进，忽报有魏国将领前来投降。诸葛亮唤入交谈，这人说：“我是魏国偏将郑文，最近和秦朗共同领兵，听从司马懿调遣。谁想到司马懿太偏心，加秦朗为前将军，而把我当草芥，因此不平，特来投降，恳请收用。”话未完，人又报秦朗引兵在寨外，点名要和郑文交战。诸葛亮问：“这人武艺和你比怎么样？”郑文说：“我立即去把他杀了！”郑文欣然上马出营，与秦朗交锋。诸葛亮有心，也出营观看。只见两人交锋一个回合，郑文便斩了秦朗。郑文提着人头来献功，诸葛亮大喝一声：“左右将这人拉出斩首！”郑文求饶，诸葛亮说：“我认识秦朗，你刚才杀的到底是谁？”郑文害怕，忙说：“这实际是秦朗的弟弟秦明。”诸葛亮说：“司马懿派你来诈降，想从中取事，怎能瞒得过我！从实说来，我饶你不死！”郑文只得如实招来，承认是假投降。诸葛亮说：“既然如此，我保全你的性命，但你要写一封信，要司马懿来劫我营寨。如果他来被我捉住，算你立了大功，我将饶你性命，还要重用你。”郑文马上写好一封信，交给了诸葛亮。诸葛亮遂派兵把郑文看管起来。樊建笑问诸葛亮：“丞相，您怎么发现这家伙是假投降的？”诸葛亮说：“司马懿不轻易用人。如果提拔秦朗为前将军，必是武艺高强；刚才与郑文交马一回合被杀，必然不是秦朗。根据这些，我断定他是假投降。”众人表示拜服。

随后，诸葛亮选一善辩的军士，秘密交代了一番，让他带着郑文的信，直奔魏寨去求见司马懿。司马懿见了，反复进行盘问，见来人说得滴水不漏，随即约定当夜三更，他亲自领兵去劫蜀寨。司马师建议道：“父亲怎么凭着一纸之书就深入重地呢？若有疏失，如何是好？不如让别的将领去，父亲为后应就可以了。”司马懿赞同，遂令秦朗领兵一万，去劫蜀寨，他引兵在后接应。结果，秦朗死于乱军之中，司马懿带领败残士兵逃归本寨。

诸葛亮得胜回寨，杀了郑文，再讨论攻取渭南的战斗方案。蜀兵天天挑战，魏兵就是不出。诸葛亮坐着小车，四处查看地理。忽到一谷口，看见它像个葫芦形状，里面可容纳一千多人：两山又合一谷，可容纳四五百人；背后两山环抱，只可通一人一骑。诸葛亮看了，非常高兴，即向向导打听这是什么地方。当知道此地名叫“上方谷”，又叫“葫芦谷”时，马上回到寨里，喊来杜睿、胡忠二将，秘密交代了任务。又命令随军匠人一千多个，一起进入葫芦谷，制造“木牛”、“流马”以供战时使用。又派大将马岱率领五百军士严守谷口，并认真嘱咐说：“里面的制作工匠，统统不许放出；外面的人也一律不准入内。我要经常过来检查，请你一定用心。活捉司马懿的计策，就在此一举！切切不能走漏消息！”

这天，忽然长史杨仪报告：“现在粮米都在剑阁，人力和牛马搬运很不方便，怎么办呢？”诸葛亮笑了笑，说：“我已经思考很长时间了。过去所积蓄的木料，以及在两川收买的那些大木，让人制造‘木牛’、‘流马’搬运粮米，极为便利。木制牛马都不要吃食饮水，可以白天黑夜地转运

不停。”大家一听，全都感到惊异，说道：“从古到今，没听说过什么‘木牛’、‘流马’，不知道你有什么妙法，能制造出这种怪物来？”诸葛亮说：“我已派人按照我的办法制造去了，很快就会完成。我现在先把制造木牛流马的方法、尺寸方圆、长短阔狭，开写明白，你们看看。”众人大喜，一齐围了上来，诸葛亮拿出图纸，上面写着造木牛的方法是：

方腹曲头，一脚四足；头入领中，舌着于腹。载多而行少：独行者数十里，群行者二十里。曲者为牛头，双者为牛脚，横者为牛领，转者为牛足，覆者为牛背，方者为牛腹，垂者为牛舌，曲者为牛肋，刻者为牛齿，立者为牛角，细者为牛鞅，摄者为牛秋轴。牛御双辕，人行六尺，牛行四步。每牛载十人所食一月之粮，人不大劳，牛不饮食。

造流马的方法是：

肋长三尺五寸，广三寸，厚二寸二分，左右同。前轴孔分墨去头四寸，径中二寸。前脚孔分墨二寸，去前轴孔四寸五分，广一寸。前杠孔去前脚孔分墨二寸七分，孔长二寸，广一寸。后轴孔去前杠孔分墨一尺五寸，大小与前同。后杠孔去后脚孔分墨二寸二分。后杠孔分墨四寸五分。前杠长一尺八寸，广二寸，厚一寸五分。后杠与等。板方囊二枚，厚八分，长二尺七寸，高一尺六寸五分，广一尺六寸。每枚受米二斛三斗。从上杠孔去肋下七寸，前后同。上杠孔去下杠孔分墨一尺三寸，孔长一寸五分，广七分。八孔同。前后四脚广二寸，厚一寸五分。形制如象，靬长四寸。径面四寸三分。孔径中三脚杠长二尺一寸，广一寸五分，厚一寸四分。

众将看了，一齐惊呼："丞相真神人啊！"过了几天，木牛流马制造完工，就像活的一样，上山下岭，都自如方便。诸葛亮命令高翔带领一千兵驾着木牛流马，自剑阁直达祁山大寨，往来搬运粮草，供给蜀国军队使用。后人作诗赞道："剑关险峻驱流马，斜谷崎岖驾木牛。后世若能行此法，输将安得使人愁？"

火烧上方谷

诸葛亮发明了木牛流马，制成后为军转运粮草，人不劳累，牛马不食。司马懿得知后大为震惊，便派张虎、乐綝二将各带兵五百去抢，只要弄到三匹就行。交战中，蜀兵丢下几匹。张虎带回向司马懿报告，司马懿决定选出百余个巧匠，进行拆开、组装、仿造。不用半月，仿造两千余匹，并且放在陇西搬运粮草。蜀军见魏军抢走了自己的新产品，担心丞相要治他们的罪，连忙向诸葛亮报告。没想到诸葛亮听了并不发火，反而笑着说："没关系，我正想让他们抢去呢！等着瞧吧，我只费了几匹木牛流马，很快就会得到很多军需物品。"众将不解其中意思，问："丞相，这话怎么说？"诸葛亮补充说："他司马懿见了我的牛马，肯定要仿造，他用时，我自有办法对付他。"几天后，人报魏军造成木牛流马，并且开始使用去陇西搬运粮草了。诸葛亮大喜，随口说道："不出我所料啊！"他马上喊来王平，交代说："你带一千人，扮作魏军，连夜偷过北原，就说是巡粮军，直达运粮地点，把护粮的人全部杀散，然后驱木牛流马回来，直接到北原来。这时一定会有魏军追赶，你就把木牛流马嘴里的舌头扭转，牛马就不能行动，这时，你们抛弃就走。魏军赶到，木牛流马牵拉不动，扛抬不走。我发兵赶到，你再把牛马的舌头转过来，长驱大进。魏兵必然怀疑是

怪物。”王平依计照办，魏延和姜维带兵策应，把魏兵打得落花流水，司马懿险些丧命。脱难后，他回到寨中，心中恼闷，正好朝廷又令坚守勿战，于是便深沟高垒，坚守不出。

诸葛亮在祁山，想作长远打算，所以命令蜀军和魏国当地的老百姓们一起种田；军一分，民二分，互不侵犯，老百姓也安居乐业。司马师沉不住气了，向他父亲司马懿报告说：“蜀兵抢走我们许多粮食，现在又让军队和我国百姓相杂种田于渭滨，以为久远之计，像这样下去，必成国家的大祸害。父亲为什么不和诸葛亮约定日期来场大战，决个雌雄呢？”司马懿说：“朝廷的旨令要奉行，不能轻举妄动。”正说着，又有人来报：“魏延提着大元帅前天丢失的金盔，前来骂战。”众将愤怒，都要出战。司马懿笑着劝道：“圣人说得好：‘小不忍则乱大谋。’现在是坚守不战为上策。”诸葛亮见骂战没有效果，便秘密派马岱去造成木栅，营寨里挖下深坑，多多聚集干柴引火的物资。周围山上要多用柴草虚搭窝铺，里外都埋上地雷。准备妥当后，他又密令马岱：“把葫芦谷的后路塞断，暗暗埋伏军队在谷内。如果司马懿到，任随他进入谷中，那时把地雷干柴一起放起火来。”又安排军士白天举七星号带在谷口，夜里点七盏灯在山上，作为联络的暗号。马岱领计而去。诸葛亮又喊来魏延说：“你带领五百兵再去魏寨讨战，一定要把司马懿引诱出来对战。不要求胜，只作诈败。司马懿追赶，就向七星旗那个方向跑去；如果是夜里，你就朝七盏灯那个地方去。只要把他引进葫芦谷，我自有办法活捉他。”魏延也领计而去。最后，诸葛亮叫来了高翔，认真交代道：“你把木牛流马分成或二三十匹一群，或四五十匹一群，全部装上米粮，在山路上来回行走。如果魏兵把它们抢走，就是你的功劳。”高翔领计，驱驾木牛流马走了。诸葛亮把祁山的军队一一调开，说是屯田。他告诉众将士说：“如别的军队来战，只许诈败；如果司马懿自己领兵来，便集中力量只攻渭南，断掉他的后路。”诸葛亮一切安排就绪，自己带领一支军队在靠近上方谷的地方扎下营寨。

夏侯惠、夏侯权兄弟二人了解到蜀兵的情况后告诉司马懿：“现在蜀兵四散结营，到处屯田，以作长远打算；如果不趁此机会剿除他们，让他们安居长了，根深蒂固，就无法动摇了。”司马懿说：“这肯定又是诸葛亮耍的花招！”二人听了，心里不满，说：“都督如果老是这样疑虑，什么时候才能消灭敌人？我兄弟二人要奋力决一死战，以报国恩。”司马懿说：“既然如此，你们二人可分头出战。”二人领命而去，一战得胜，二战告捷，半个月时间里，连续胜了好几阵。司马懿看到蜀兵屡战屡败，心里暗自高兴。一天，魏军又俘虏了蜀兵数十人，司马懿亲自审问，当听说诸葛亮不在祁山，而在上方谷安营时，他召集各位将领吩咐说：“明天，你们可齐心协力攻取蜀军大寨！”司马师说：“为什么不击其前而攻其后呢？”司马懿说：“祁山是蜀军的大本营，如果看我兵进攻，别的营寨必然来救，那时我进取上方谷烧掉他们的粮草，蜀兵头尾不能相顾，必然大败。”众将佩服。司马懿下令发兵，直奔蜀军祁山大寨。在魏延的挑逗引诱下，司马懿和他的两个儿子带着军马，慢慢地进入了葫芦口。司马懿留心一看，草房上都是干柴，前边又不见了魏延，疑疑惑惑地对他的两个儿子说：“假如有军队截住了谷口，如何是好？”话音未落，只听喊声大震，山上一齐丢下火把来，烧断谷口。魏兵奔逃无路，山上火箭直射，地雷一齐突发，草房里干柴全部燃着，浓烟滚滚，火势冲天。司马懿惊得手足无措，从马上滚落下来，抱着两个儿子大哭道："完了，咱们父子三人全部死在这里了！"正哭之间，忽然狂风大作，黑气漫天，一声炸雷响过，下起了倾盆大雨。整个葫芦谷里的大火，全部浇灭，地雷不震，火器无功。司马懿绝处逢生，喜出望外，大叫一声："不就此杀出，还等待何时！"遂引兵奋力冲杀，逃奔渭水安营。诸葛亮在山上见魏延诱敌入谷，又有火光大起，心想："司马懿必死无疑！"不料大雨熄火，心愿未遂，长叹说："'谋事在人，成事在天。'不可强求！"

司马懿等人在大雨中逃出上方谷后，到魏北下寨，传令道："渭南栅寨，现已全部丢失。各位将领如谁再讲出战，必斩！"众将听从命令，据守不出。诸葛亮得胜后，自领一军屯在五丈原（今陕西岐山南，渭水南岸），连续派人挑战，魏兵就是不出。诸葛亮眉头一皱，计上心来：他命人取来妇女的头巾和衣服等，用一个大盒子装上，亲笔写了一封信，派人送到魏军寨中。诸将不敢隐瞒不报，只得把来人引见司马懿。司马懿当众把盒子打开，大家都看到是女人的衣物等。又拆开信封，见上面写道：

仲达既为大将军，统帅着魏国的将士，不想着披坚执锐，大战决个雌雄，却整天躲在小土窝里，畏刀避箭，和女人有什么两样？现在我派人送去妇女用的头巾和衣服等，如果还不肯出战，就拜而领受这些衣物吧！假如还有点羞耻心的话，男子汉的胸襟还存在，就请早点批回，依照约定时间出战。

司马懿看后，简直气得七窍生烟，但他并不发作，偏偏笑着说："诸葛亮把我看做是妇道人家，蛮好的！礼物我收下了。"对待来使，他重礼作谢，并询问道："诸葛亮饮食起居都还好吧？他的事务多不多？"使者说："丞相每天早起晚睡，非常辛苦，犯罪罚二十以上的他就要亲自过问，每天吃饭很少很少。"司马懿听了，笑着看看各位将领说："诸葛亮食量很少，事多繁重，怎能久在人世呢？"使者辞别了司马懿，回到五丈原，把司马懿的言行全部向诸葛亮作了报告，诸葛亮听后叹道："他太了解我了！"主簿杨颙乘机劝谏说："丞相，司马懿说的是真心话，你一年到头，事无巨细，都亲自处理，确实太累了！今后可以明确责任，该让别人办的就让别人办吧，你要保重身体才是。”诸葛亮听了这番话，思前又想后，眼泪直往下流，叹着气说：“我难道不知道吗？可是，受先帝托孤之情深重，就怕别人做事不像我这样尽心尽力啊！”在场的人们纷纷落泪。从这时开始，诸葛亮自觉神思不宁，精力大不如前了。

诸葛亮送巾帼女衣羞辱司马懿的事传播出去，魏军将领忍不住这口气，进帐向司马懿请战说：“我们都是大国名将，怎么能忍受蜀国人的这种羞辱呢？请求丞相立即出战，与蜀军决个雌雄！”司马懿见劝阻不了，想了个主意说：“你们既然要出战，请等我向天子报告得到批准后，咱们再同力赴敌，怎么样？”将领们答应了。司马懿给魏主呈上奏表，曹叡又批了“不准出战”的字样，派人送到军中。蜀将听说后告诉诸葛亮，诸葛亮笑着说：“这是司马懿安定三军情绪的办法！他本来不想出战，后又表示向皇上请战，主要是做给将士们看的，借皇上的权威来解决自己的难题。你们想想，‘将在外，君命有所不受’。哪里有千里请战的呢？现在，他们又把这些东西大力传播，目的是想懈怠、涣散我们的军心啊！”停了一会儿，他似乎想起了什么，深情地说：“你们注意哟，司马懿确实是个善斗的人！”

秋风五丈原

诸葛亮和诸位将领正在谈论司马懿，忽报费祎到来。诸葛亮急忙请入相会，费祎说："丞相，这次专来报告：魏主曹叡听说东吴三路大军同进，共伐中原，立即率领大军到合淝，并令满宠、田豫、刘劭分兵三路迎敌。满宠打算把东吴的粮草战具统统烧毁，吴国军队内部积弊较多。陆逊向吴主呈上报告，约定前后夹攻，没想到去送报告的人路上被魏兵抓获，重要决策全部失密。吴国军队没有办法，只好半途而退。"诸葛亮听到这里，长叹一声，昏倒在地。众人急忙抢救，好半天才慢慢苏醒过来，他睁开双眼，看看周围的人，又流下泪来，过了好一会儿，他说："我心里很昏乱，旧病又发作，恐怕活不长了！"随后，闭上双眼，显得那么劳累和疲倦。

天渐渐黑了，夜幕笼罩着它管辖的一切。诸葛亮醒来，带病出帐，抬头观看天文，内心十分惊慌。他艰难地移动着双脚，挨回帐中对姜维说："我深感病重，恐怕朝不保夕啊！"姜维一半紧张一半安慰地说："丞相，为什么说这样的话呢？"诸葛亮和姜维互相看着，心里都很难过，又都显得和平常一样。还是诸葛亮忍不住了，他对姜维说："我为了蜀国，为了报答先帝和后主，还想多活几天。我也熟悉祈星延寿的方法，可从来没用过。今天就试试看吧，但不知天意怎样。”他喘了口气，又说：“你可带领甲兵四十九人，各自拿着黑旗帜，穿着黑衣服，环绕帐外，你自己在帐中祈禳北斗。如果七天以内主灯不灭，我的寿命可以延长二十年；如果灯灭，我肯定活不成。不论灵验不灵验，我要试试看。你千万守护在帐外，闲杂的人，一律不要放入。凡是需要的东西，你选定两个精细的小伙子搬运就行了。”姜维领受命令，自己忙着安排准备去了。

正是八月中秋时节，夜间银河耿耿，玉露零零，旌旗不动，巡更报时的铜锣无声，静得出奇。姜维在帐外带领四十九人守护。诸葛亮自己在帐中设置香烛祭物，地上分布着七盏大灯，大灯外又布下四十九盏小灯，中间安着本命灯一盏。诸葛亮支撑着病体拜祝道：“我诸葛亮生在乱世，本想甘老林泉之下；承蒙昭烈皇帝三顾之恩，托孤之重，不敢不竭尽犬马之劳，誓讨国贼。没想到阳寿即将结束，我上告苍天，请求通融一下，延长我的年龄，以便上报君恩，下救百姓，恢复往日秩序，使大汉江山永固。实在不敢乱言，所说全是真情真意。”拜告结束，就在帐中俯伏着等到天亮。第二天，照常料理军务，口里吐血不止。从此开始，他白天计议军兵大事，夜里祈星延寿，心理负荷同肉体消耗都越来越大。

这天，司马懿在营中思考着作战方案，似觉疲倦，乘夜出来走走。偶然抬头看天，发现了一种异常现象。他很高兴，对夏侯霸说：“好了，根据我的观察和感觉，诸葛亮已经得病，而且不久就要死去。你可以带领一千军去五丈原打探消息。如果蜀国军乱哄哄的，又不出来接战，就证明诸葛亮确实病重了。我们可以乘机去攻打他们。”夏侯霸遵令，带兵直奔五丈原。诸葛亮祈星已过六夜，见主灯明亮，心里觉得舒畅。忽听寨外齐声呐喊，姜维入帐准备报告，没料魏延惊慌失措地跟着冲了进来，说：“魏兵杀来了！”人进风入，瞬间帐内主灯熄灭。诸葛亮把剑往地上一甩，大声叹道：“生死有命，哪里能祈禳成功哟！”魏延听声不妙，忙跪下请罪；姜维恼怒，怪罪魏延，拔剑杀来。诸葛亮急忙阻止说：“这是我寿命应当完终，不是文长的过错！”姜维收剑，扶魏延起来。二人来到诸葛亮身旁，见他连吐几口鲜血，卧倒在床上。诸葛亮歇了歇，侧着身子对魏延说：“这是司马懿估计我有病，命人来探听虚实。现在你可以赶紧准备，马上出寨迎敌。”魏延会意，连忙出帐上马，领兵杀出寨去。夏侯霸见到魏延，不敢迎战，慌忙引兵逃跑。魏延又追赶二十多里才回来，诸葛亮命令魏延赶紧回到自己寨里把守。

姜维见诸葛亮一天不如一天，来到他病床前看望问安。诸葛亮说：“我本想竭忠尽力，恢复中原，重兴汉室，谁知天意这样，我必死在早晚之间。我平生学习所得，已著成书二十四篇，共计十万四千一百一十二字，内有八务、七戒、六恐、五惧之法。我观察了很久，蜀国所有将领中就你一人可传我书，你千万不要把它当做可有可无的东西！”姜维哭着拜谢领受。诸葛亮又说：“我还有制造‘连弩’的方法，到现在还没使用过。制造的方法等，我已画出图纸，你可以按照方法去制造使用。”姜维也拜谢领受了。诸葛亮歇歇，喝了口水，接着说：“蜀中各条要道，都不要过多担忧；就是阴平（今甘肃文县西）那个地方，务必要仔细。那里虽然地势险要，以后时间长了，容易丢失。”接着，他又分别喊来马岱、杨仪，秘密交代他死之后，魏延必恃功造反，到时再打开锦囊，自有人能斩魏延。诸葛亮一一调度完毕，自觉体力难以支持，便昏然而倒，到晚上才苏醒过来。

有人将消息急报后主，后主听了大惊，急令尚书李福骑快马连夜赶到军中问安，并咨询后事。李福遵命来到五丈原，入帐拜见诸葛亮，并转达后主的问候之情。诸葛亮泪流不止，说道："我不幸中途死亡，虚废了国家的大事，得罪于天下。我死后，诸公应当竭尽忠心，辅佐后主。国家施行的法规政策，不能随便更改；我所任用的人物，也不能轻易撤换。我的兵法全部传授给姜维了，他完全能够继承我的遗志，为国家出力。我死在旦夕之间，马上写表申报天子。"李福一直流着眼泪，听完诸葛亮的话，匆匆忙忙拜别，启程赶回成都。

李福走后，诸葛亮勉强支撑着病体，让身边的兵士把他扶上小车，到寨外视察了所有的兵营。只觉得秋风吹面，彻骨生寒，他脸上挂着泪水，深深长叹道："我再也不能临阵讨贼了！苍天啊！怎么对我这样绝情哟！"边哭泣，边叹息，在寨外停了很长时间。众将不忍，一齐劝他早早回去。回到帐中，病情更显沉重，于是喊过杨仪交代道："王平、廖化、张嶷、张翼、关懿等，都是忠义之士，久经战阵，多负勤劳，堪可委用。我死之后，所有事情一定要按章法办理。军队要慢慢撤退，不可急速。你是个深通谋略的人，不必多加嘱咐。姜维智勇双全，退军时可以让他断后。"杨仪哭泣再拜，表示接受命令。随后，诸葛亮令人拿来文房四宝，在病床上写下遗书，让人呈送后主。遗书的内容大意是：

我听说人的生死有常规，定数难逃；在临死之前，我还表达一点愚忠：我诸葛亮生来愚蠢笨拙，又逢艰难时事，分符拥节，专掌钧衡，兴师北伐，未获成功；没想到病入膏盲，命在旦夕，不能终生辅佐陛下，悔恨无穷！我恳切希望陛下：清心寡欲，约己爱民；达孝道于先皇，布仁恩于天下；提拔幽隐，以贤进良：屏斥奸邪，以厚风俗。

我成都的家里，有桑树八百棵，薄田十五顷，子孙衣食，自有余饶。至于我在外做官，没有随心积攒私财，随身的衣食，全靠官府供给，并没以其他途径，增置任何私产。我死的时候，不让内有积蓄，外藏私财，做辜负陛下的事。

诸葛亮写完，又告诉杨仪：“我死过以后，千万不要发丧。可做一个大神龛，把我的尸体坐放在里面，用七粒米放在我嘴里，脚下放一盏明灯，传说可以灵魂不散。人看我坐着，以为还在，就不会混乱。另外，我早已预备了用木头刻制的我的雕像，如司马懿来追时，就把它安放在车上，推出军前，命令大小将士，分别排列左右两边，他一看到这种情景，肯定畏惧逃跑。”说着，诸葛亮又一次昏了过去。

这时，李福又急忙赶到，见诸葛亮昏绝，大声哭道：“我耽误国家的大事了！”过了一会儿，诸葛亮又慢慢醒来，他微微睁开双眼，看了一看，见李福立在床前，示意让他坐下，说：“我已经知道你的来意了。近来咱们聚谈的时间不少，就是话还没有说完。天子让你问的人，蒋琬最合适。”李福让诸葛亮稍稍休息一下，又问：“蒋琬之后，谁可接替？”诸葛亮说：“费祎可以接替他。”李福还要问以后的接替人，诸葛亮没作回答。众将们靠近跟前看看，诸葛亮已经停止呼吸了！他死在建兴十二年（公元234年）八月二十三，刚满五十四岁。

诸葛亮死后，长史杨仪、护军姜维等遵照诸葛亮的临终

部署，秘不发丧，暗暗整顿军马，缓缓向汉中撤退。司马懿听说蜀军撤走，率领军队追赶。杨仪回军鸣鼓，做出要同魏军战斗的样子；又推出安好诸葛亮雕像的四轮车在军中，司马懿怕遭到诸葛亮的暗算，退兵不追。于是，蜀军又获得从容撤退的机会。司马懿谨小慎微，看到诸葛亮的雕像就吓跑了，被当地的老百姓当做笑话传，他们说："死诸葛还吓跑了生仲达！"司马懿听了，也不生气，反而笑着说："我能料到生，哪能料到死呢？"司马懿班师回来，一路查看诸葛亮安营下寨的地方，前后左右，都很讲究，不时感叹道："诸葛亮真是天下罕见的奇才！"

英名垂千古

杨仪、姜维依计退兵到栈阁道口（今陕西汉中褒城镇北），进入安全地带，开始为诸葛亮发丧，扬幡举哀。蜀军知道诸葛丞相已死，撞头跺脚，痛哭不已，甚至有悲痛致死的。诸葛亮的灵柩送到成都时，后主刘禅领文武官员，全部戴孝，出城二十多里迎接。后主放声大哭，上到公卿大夫，下及山林百姓，男女老少，无不痛哭，哀声震地。消息传到梓潼，李严比其他人更为悲痛。他说：“丞相与我虽有私怨，但是国家一天也少不了他呀！丞相去世，我复职再也没有希望了！”当年李严在蜀军北伐中为供应军粮不济受到诸葛亮的严厉惩罚，将他削职为民，迁居梓潼后，诸葛亮给他的儿子李丰写信，要李丰好好宽慰他的父亲，要认真思过改过，今后还有为国家立功的机会。更使李严感动的是，诸葛亮不实行株连家族的政策。李严削职后，诸葛亮任用他的儿子李丰为官，并且当上了朱提太守。还有一位叫廖立的人，也极其悲痛。一开始，诸葛亮认为他很有才华，曾在刘备面前推荐他为长沙郡太守。东吴攻打荆州三郡时，他丢掉长沙，一个人跑了回来，当时刘备也没严厉责怪他。刘备死后，他担任了长水校尉，更加骄傲自满，摆出不可一世的架子。他到处吹嘘自己，说自己的才能和诸葛亮不相上下，两人应该平起平坐，还说朝廷任用的官员都是些“俗吏”，攻击其他的将领都是“不足以经大事”的“小人”等等，散布流言蜚语，制造分裂，挑拨群臣不和，产生极坏的影响。后来，有人揭发了廖立的罪行，诸葛亮调查核实后，毫不留情地撤消了他的官职，送到汶山郡去种田。他听说诸葛亮死了，一边抱头大哭，一边说：“我彻底完了，终生不能再被朝廷收用，老死在边远地区了！”

后主刘禅为了纪念诸葛亮生前的品德和功绩，封赐诸葛亮为忠武侯，下令大赦天下。遵照诸葛亮的遗嘱，把他安葬在汉中定军山。刘禅下诏祭奠说：“相父，您生来具有文武兼备的才能，又非常聪明诚实，接受先帝托孤的遗诏，辅助我治理国家，延续了将要绝世的刘氏政权，复兴了曾已衰微的汉王朝。您立志平定叛乱，精心整顿军队，连年出征，战功赫赫，威力震慑四面八方。您为蜀汉立下了伟大的功勋，您足以和历史上的伊尹、周公相媲美。没想到今天为什么会出现这样的不幸，在事业就要成功的时候，您突然逝世了！我为此伤心悲痛，心肝就像撕裂了一样。推崇美德，列比功劳，根据人一生的功绩贡献，赐予谥号，是让死者功德彰明于后世，让死者的名字永载史册而不被磨灭的做法。现在我派使持节左中郎将杜琼，赠给您丞相武乡侯的印绶，赐予您忠武侯的谥号。如果您灵魂有知的话，也一定会为此而感到荣耀！呜呼哀哉！呜呼哀哉！”景耀六年（公元263年）春，后主下诏为诸葛亮在沔阳建立庙宇，四季享祭。

诸葛亮自己有远大的抱负，要求他的子侄们也是这样。他告诫孩子们要有宽广的胸怀，远大的志向，向先贤们学习，排除情欲，抛弃庸俗下流的东西，把自己锻炼成为有所作为的人。他还提出：“若志不强毅，意不慷慨，徒碌碌滞于俗，默默束于情，永窜伏于凡庸，不免于下流矣。”他非常强调人的意志与情操的培养，不然就会变成一个凡庸的人。

诸葛亮共有两个儿子。长子诸葛乔，字伯松。诸葛乔实际上是诸葛瑾的第二个儿子，起初诸葛亮无子，和哥哥商量，要求把诸葛乔过继给自己，诸葛瑾答应了。诸葛乔和他的哥哥诸葛元逊，当时都有名气。评论他们的人认为诸葛乔的才华赶不上他哥哥，但品德和学业都超过了诸葛元逊。诸葛亮特别喜欢诸葛乔，把他视为自己的嫡生长子一样看待，管教也很严格，外出打仗带在身边，常让他带头做艰苦的运粮工作。可惜的是，诸葛乔二十五岁即去世。诸葛亮晚年得一子，取名诸葛瞻，字思远。诸葛亮非常注意培养他的品德和才干，曾经写了一篇《诫子书》来教导他。诸葛瞻八岁时，诸葛亮给哥哥诸葛瑾写信报告说：“诸葛瞻今年已经八岁了，聪明可爱，可惜他成熟过早，恐怕难成大器啊！”诸葛瞻十七岁时，娶蜀国后主刘禅的女儿为妻，担任骑都尉，以后加官军师将军。诸葛瞻擅长书法绘画，记忆力和思考力都很强。蜀国的老百姓怀念诸葛亮，都喜爱诸葛瞻的才思敏捷。每逢朝廷实行一项好政策，或办了一件好事情，虽然不是诸葛瞻建议提倡的，人们也都会互相转告说：“这是诸葛侯所做的。”因此，诸葛瞻的声誉渐渐被美化夸大了。

景耀六年（公元263年）冬，魏国征西将军邓艾进攻蜀国，他的部队从阴平沿着景谷道附近的山地潜入蜀境。这时诸葛瞻率领大军在涪县驻扎，先锋部队被邓艾军打败后，诸葛瞻退守绵竹。邓艾派人送信，劝他投降。他非常恼怒，杀掉了邓艾的使者。在同邓艾的激烈战斗中，诸葛瞻战死军中，年仅三十七岁。他的长子诸葛尚，也在这场战斗中为国捐躯了。诸葛瞻、诸葛尚不愧为诸葛亮的子孙，人们都称赞

他们为“三代英杰，一门忠烈”。

诸葛亮从二十七岁走出卧龙岗，到五十四岁病逝五丈原，一直是尽忠尽力，兢兢业业；在风云变幻的历史舞台上，辅助刘备、刘禅父子，苦心经营，以巩固蜀汉政权。他平生的志愿，是要统一全国，真正做到“鞠躬尽瘁，死而后已”。然而，他的最终愿望没有实现，因为积劳成疾，死在北征伐魏的前线营寨中。他死之后三十年，蜀国灭亡，他和他的伙伴们共同开创的事业彻底毁灭。但是诸葛亮毕竟是一代天骄，是中华民族历史上一位非常杰出的人物。晋代的史学家、《三国志》的作者陈寿，在评论诸葛亮时说道：“诸葛亮作为丞相，安抚百姓，昭明法度，裁减官吏，制定合于时宜的规章制度，诚心对人，宣扬公道。凡是忠心耿耿、有益于国家的人，虽然有仇隙也一定奖赏；触犯刑律、玩忽职守的人，即便是亲友也一定惩罚；能诚心认罪、吐露真情的人，虽然罪大也可以释放；狡辩抵赖、态度恶劣的人，就是罪轻也要严惩；为善不论多么轻微，没有不奖赏的；作恶不论多么细小，也没有不贬斥的。各项事务精通熟练，处理事情能够抓住根本，对人的考察能根据名位的需要，做到准确实际，弄虚作假的人不予录用；终于使蜀国的人既都畏惧他，又都爱戴他。刑法政令虽然严峻，都没有怨恨他的人，这实是在于他用心公平，劝诫分明。诸葛亮真可说是精通治国之道的优秀人才。诸葛亮连年用兵，最后还是没彻底取得胜利，实现统一全国的理想，这是天意，而不是人的智慧和才干不足的问题。”唐代大诗人杜甫在一首诗中写道：“三顾频烦天下计，两朝开济老臣心。出师未捷身先死，长使英雄泪满襟。”它，道出了人们的千古长叹！

诸葛亮

风云三国进阶攻略

★诸葛亮的“出师表”

建兴三年（公元225年）三月，诸葛亮决定亲征南中。南蛮首领孟获被诸葛亮七擒七纵，最后终于臣服蜀汉，不再造反。公元226年，曹丕病死，曹叡即位。诸葛亮认为这是一个机会，决定出师北伐。但他对刘禅不放心，就在离开成都前上了一道奏章，这就是有名的“前出师表”。

公元228年秋天，诸葛亮亲统大军进行第二次北伐前，针对天下的局势与蜀汉自身的能力作出分析，并以此为内容上表给刘禅，希望他不要再对出兵有疑虑，尽快兴师北伐攻魏，这就是有名的“后出师表”。但是，由于在正史《三国志》中并未提到“后出师表”，且据后人考证，其内容似乎有些不符史实之处，因此又有“后出师表”实为后人所杜撰一说。

湖北襄阳古隆中

湖北襄阳古隆中三顾堂

前出师表

臣亮言：先帝创业未半，而中道崩殂。今天下三分，益州疲敝，此诚危急存亡之秋也。然侍卫之臣，不懈于内；忠志之士，忘身于外者，盖追先帝之殊遇，欲报之于陛下也。诚宜开张圣听，以光先帝遗德，恢宏志士之气；不宜妄自菲薄，引喻失义，以塞忠谏之路也。

宫中府中，俱为一体；陟罚臧否，不宜异同。若有作奸犯科，及为忠善者，宜付有司，论其刑赏，以昭陛下平明之治；不宜偏私，使内外异法也。

侍中、侍郎郭攸之、费祎、董允等，此皆良实，志虑忠纯，是以先帝简拔以遗陛下。愚以为宫中之事，事无大小，悉以咨之，然后施行，必能裨补阙漏。有所广益。将军向宠，性行淑均，晓畅军事；试用于昔日，先帝称之曰能，是以众议举宠以为督。愚以为营中之事，事无大小，悉以咨之，必能使行阵和穆，优劣得所。

亲贤臣，远小人，此先汉所以兴隆也；亲小人，远贤臣，此后汉所以倾颓也。先帝在时，每与臣论此事，未尝不叹息痛恨于桓灵也。侍中、尚书、长史、参军，此悉端良死节之臣，愿陛下亲之信之，则汉室之隆，可计日而待也。

臣本布衣，躬耕于南阳，苟全性命于乱世，不求闻达于诸侯。先帝不以臣卑鄙，猥自枉屈，三顾臣于草庐之中，谘臣以当世之事。由是感激，遂许先帝以驱驰。后值倾覆，受任于败军之际，奉命于危难之间，尔来二十有一年矣。先帝知臣谨慎，故临崩寄臣以大事也。

受命以来，夙夜忧叹，恐付托不效，以伤先帝之明。故五月渡泸，深入不毛。今南方已定，甲兵已足，当奖帅三军，北定中原，庶竭驽钝，攘除奸凶，兴复汉室，还于旧都。此臣之所以报先帝而忠陛下之职分也。至于斟酌损益，进尽忠言，则攸之、祎、允之任也。

愿陛下托臣以讨贼兴复之效；不效则治臣之罪，以告先帝之灵。若无兴德之言，则责攸之、祎、允等之咎，以彰其慢。陛下亦宜自谋，以谘诹善道，察纳雅言，深追先帝遗诏。臣不胜受恩感激。今当远离，临表涕泣，不知所云。

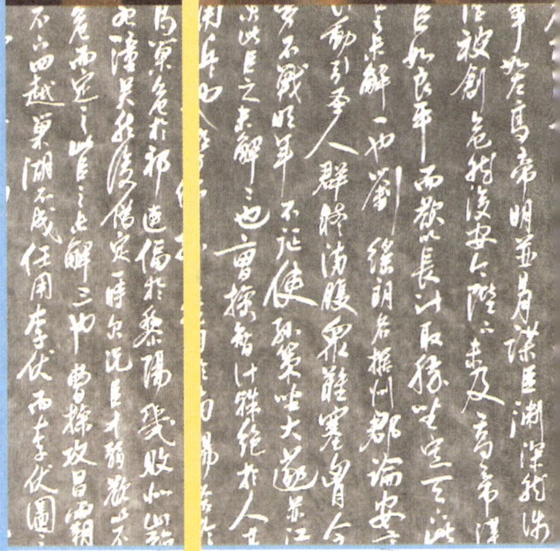

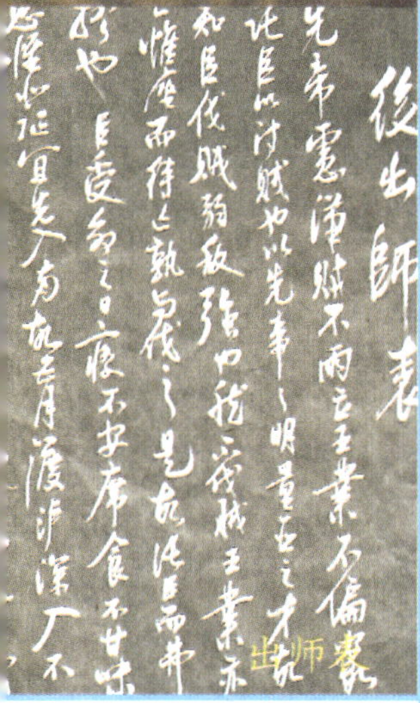

出师表

五丈原

后出师表

先帝虑汉贼不两立，王业不偏安，故托臣以讨贼也。以先帝之明，量臣之才，故知臣伐贼才弱敌强也。然不伐贼，王业亦亡。惟坐而待亡，孰与伐之？是故托臣而弗疑也。

臣受命之日，寝不安席，食不甘味；思惟北征，宜先入南：故五月渡泸，深入不毛，并日而食。臣非不自惜也，顾王业不可偏安于蜀都，故冒危难以奉先帝之遗意，而议者谓为非计。今贼适疲于西，又务于东，兵法乘劳，此进趋之时也。谨陈其事如左：

高帝明并日月，谋臣渊深，然涉险被创，危然后安；今陛下未及高帝，谋臣不如良、平，而欲以长计取胜，坐定天下，此臣之未解一也。

刘繇、王朗各据州郡，论安言计，动引圣人，群疑满腹，众难塞胸；今岁不战，明年不征，使孙策坐大，遂并江东，此臣之未解二也。

曹操智计殊绝于人，其用兵也，仿佛孙、吴，然困于南阳，险于乌巢，危于祁连，逼于黎阳，几败北山，殆死潼关，然后伪定一时耳。况臣才弱，而欲以不危而定之，此臣之未解三也。

曹操五攻昌霸不下，四越巢湖不成，任用李服而李服图之，委任夏侯而夏侯败亡，先帝每称操为能，犹有此失；况臣驽下，何能必胜？此臣之未解四也。

自臣到汉中，中间期年耳。然丧赵云、阳群、马玉、阎芝、丁立、白寿、刘郃、邓铜等，及曲长屯将七十余人。突将无前，賨叟青羌散骑、武骑一千余人，此皆数十年之内所纠合四方之精锐，非一州之所有。若复数年，则损三分之二也。当何以图敌？此臣之未解五也。

今民穷兵疲，而事不可息；事不可息，则住与行劳费正等；而不及虚图之，欲以一州之地与贼持久，此臣之未解六也。

夫难平者，事也。昔先帝败军于楚，当此时，曹操拊手，谓天下已定。然后先帝东连吴越，西取巴蜀，举兵北征，夏侯授首。此操之失计而汉事将成也。然后吴更违盟，关羽毁败，秭归蹉跌，曹丕称帝。凡事如是，难可逆料。臣鞠躬尽力，死而后已；至于成败利钝，非臣之明所能逆睹也。

★虚虚实实的“八阵图”

在《三国演义》中，有两次提到诸葛亮使用“八阵图”，一次是吓退了陆逊，一次是将司马懿的部将大大地羞辱了一番。传说它奇幻莫测，威力无穷。唐代杜甫便曾写下一首诗：“功盖三分国，名成八阵图，江流石不转，遗恨失吞吴。”

据军事史学家的研究，八阵图是按八卦的原理布置兵力，分休、生、景、死、伤、杜、惊、开八门。其中生、景、开是吉门，休、伤、杜、死、惊是死门。全阵马军一万四千，五十人为一队，共二百八十队。步军一万，列为二百队。每个步兵占地二步，一马军占地四步，一人为一列，面对面，背对背。马步军互相配合，又可轮换，以便进行战时休息。

后世的书上仍然多次提到过“八阵图”，如西晋的马隆用八阵法收复凉州，北魏的刁雍曾用八阵法抵御少数民族的进犯，古代地理学家郦道元也曾在《水经注》中提到他所见到的八阵图遗址。看来，还真有八阵图了，并且还存在多处八阵图的遗址。苏东坡也曾描述过他所见到的八阵图：“诸葛亮造八阵图于鱼腹平沙之上，垒石为八行，相去二丈……吾尝过之，自山上俯视，百余丈凡八行，为六十四绝，绝正圜，不见凹凸处，如日中盖影。予就视，皆卵石，漫漫不可辩，其可怪也。”至于“八阵图”是否真如《三国演义》中所描绘的那么大的威力，就不得而知了。

★神乎其神的“木牛流马”

“蜀道难，难于上青天。”诸葛亮在进攻魏国时，为了解决粮草的运输问题，特地研制了“木牛流马”，但它真有小说中说的“上山下岭，各尽其便”的神奇本领吗？有趣的是，陈寿的《三国志》里特别详细记载了“木牛流马”的制造尺寸和方法，但还从没有根据这个方法做出来过一辆，因为人们对里面的术语无法理解。所以，又有人推测，“木牛流马”实际上就是今天的独轮车和四轮车，并不像人们想象的那么神秘——因为，有用的东西是不容易失传的。

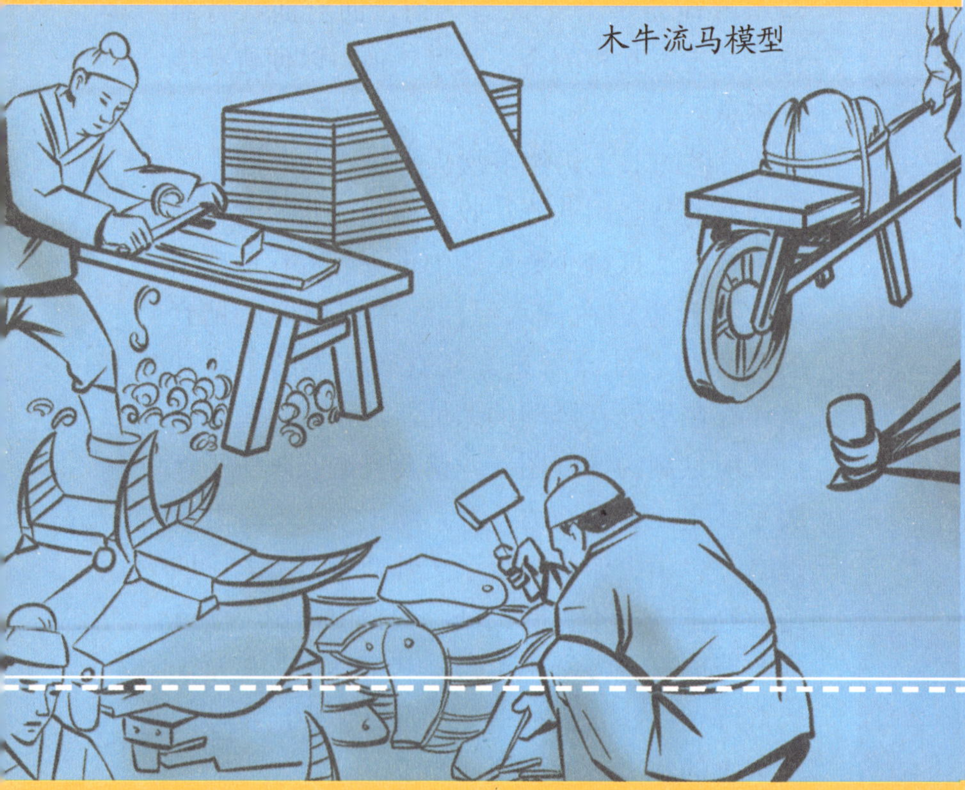

木牛流马模型

四川武侯祠

四川成都有一座纪念诸葛亮的武侯祠，祠中是罕有的“君臣同庙”。原来武侯祠是在昭烈庙（纪念刘备）附近，但到明朝，朱元璋第十一子朱椿到过成都，发觉武侯祠仍然香火鼎盛，昭烈庙却冷冷清清，他认为如此不太合礼，于是便拆毁武侯祠，把塑像牌碑等都迁入昭烈庙，从此便形成君臣同庙了。

★诸葛亮的仙气与妖气

诸葛亮是足智多谋的，但是看过《三国演义》的人总觉得他的多谋和仙气联系在一起。比如在赤壁之战时，他身披道衣祭东风；在五出祁山时装神弄鬼，搞什么奇门遁甲、缩地法；甚至他还能预料在他死后三十年，邓艾会在阴平偷渡，并预言他和钟会将死于非命。因此，诸葛亮不仅是运筹帷幄，决胜千里，而且还呼风唤雨，未卜先知，这就不像正常人了。这实际上也是诸葛亮被神化了，这种神化曲折地反映了老百姓对诸葛亮的怀念。

★“六出祁山”的功与过

诸葛亮自辅佐蜀汉后主（公元223年），至其病殁（公元234年），十一年间，对魏、蜀交接的关陇地带共用兵六次：

① 蜀汉建兴六年（公元228年）春·北伐街亭之役
② 蜀汉建兴六年（公元228年）十二月·北伐陈仓之役
③ 蜀汉建兴七年（公元229年）春·北伐武都、阴平之役
④ 蜀汉建兴八年（公元230年）七月·曹真攻汉中之役
⑤ 蜀汉建兴九年（公元231年）二月·北伐上邽之役
⑥ 蜀汉建兴十二年（公元234年）二月·北伐五丈原之役

“六出祁山”是诸葛亮晚年的主要军事活动，他牢记刘备遗愿，兢兢业业，但无奈并未取得寸土之功。因此，后代学者对诸葛亮的“六出祁山”很有看法，认为诸葛亮不考虑蜀国刚立国的弱小，连年征战，劳民伤财，这是战略上的失误；在具体的战术上，藷葛亮也有失误之处，例如他没有采用魏延直取长安的奇袭策略，一味平稳持重，欲先取陇右而后再进军关中，这样做，很难奏效，因为关右、汉中之间，山道险阻，进退皆难，难怪魏明帝听到诸葛亮兵出祁山，就断言诸葛亮必然失败。这种说法或许很难为民众所接受，因为诸葛亮在他们心目中的地位太崇高了。不过，从现代军事学的角度来看，学者们的见解也不无道理。

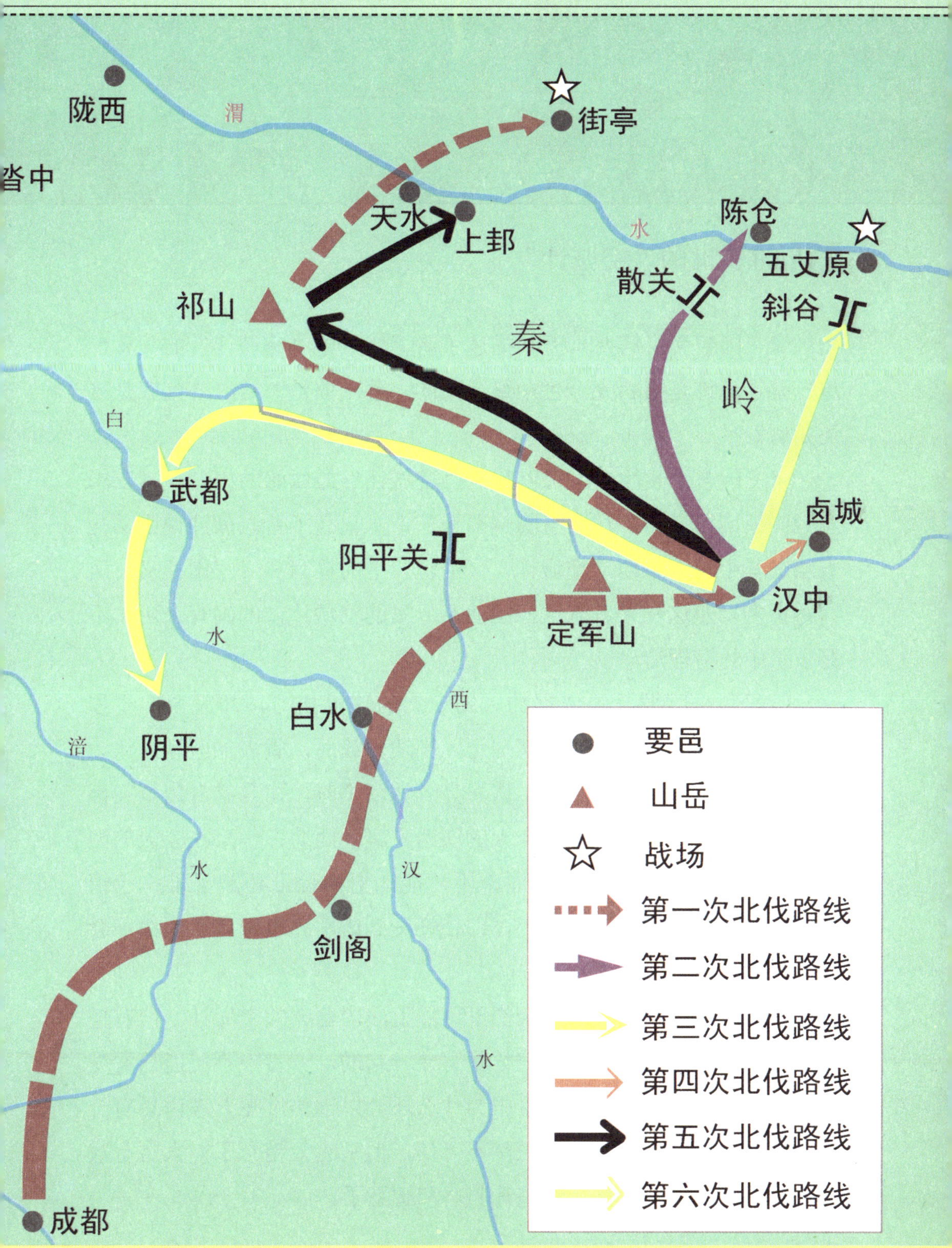
陇西
渭
街亭
沓中
天水
上邽
水
陈仓
五丈原
散关
斜谷
祁山
秦
岭
白
武都
卤城
阳平关
汉中
定军山
水
西
白水
阴平
涪
水
汉
剑阁
水
成都
要邑
山岳
战场
第一次北伐路线
第二次北伐路线
第三次北伐路线
第四次北伐路线
第五次北伐路线
第六次北伐路线

★以讹传讹的“空城计”

《三国演义》第九十五回描述了诸葛亮妙施“空城计”的一幕，这一幕，也许是诸葛亮一生中最惊险的一幕。但是，这一幕到底是真还是假？

《三国志》裴注中，可以找到“空城计”最原始的出处。《三国志•蜀书•诸葛亮传》注引王隐《蜀记》中，记载了晋人郭冲说诸葛亮五事，其中第三事便是空城计。《蜀记》中的描写和《三国演义》所写差不多。照这样来看，《三国演义》里的空城计，的确有来历，不是罗贯中凭空捏造。

但问题是，罗贯中依据的《蜀记》的这段描写，却完全出于捏造。古代学者裴松之在注引《蜀记》上述记载后，就大加驳斥，认为空城计是无中生有。论事实，诸葛亮到达阳平时，司马懿身为荆州都督，正驻扎在宛城。一个在今天的陕西安康县西北，一个在今天的河南南阳，相距甚远，打个照面都不可能，更别说谁吓跑了谁；论情理，像司马懿这样的用兵老手，即使怀疑到诸葛亮有埋伏，也决不会仓皇撤退，而会驻扎设防。

可见，论事论理，历史上都不可能上演诸葛亮的空城计。但有趣的是，裴松之的驳斥和《蜀记》是写在一起的，罗贯中不可能只看见后者而没有看见前者，但罗贯中为什么还会以讹传讹呢？理由只有一个，就是《蜀记》这段传说虽然不可信，但是它太精彩了，太富有戏剧性，太适合表现诸葛亮的超凡胆略和智慧了。

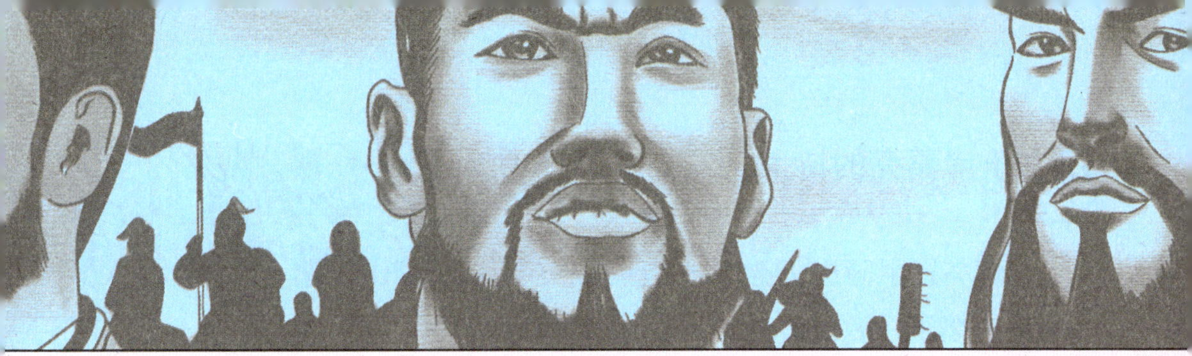

★ 诸葛亮的“诫子书”

诸葛亮虽然连年出征，为了国事而操忙，但也不忘关心两个儿子的教育。他曾写过有名的家书“诫子书”，告诫儿子勤勉学习，澹泊明志。

诫子书

夫君子之行，静以修身，俭以养德，非澹泊无以明志，非宁静无以致远。夫学须静也，才须学也，非学无以广才，非志无以成学。淫慢则不能励精，险躁则不能冶性。年与时驰，意与日去，遂成枯落，多不接世，悲守穷庐，将复何及。

这段话是说：有道德的人，是用潜心努力来修身养性，用俭朴来培养高尚的品德。没有做到恬静寡欲，就无法确立远大的志向；没有做到潜心专一，就无法实现远大的理想。学习必须潜心专一，才干必须要经过学习，不学习就无法增长自己的才干，没有志向就不可能学有成就。放纵、轻浮就不可能振奋精神、精益求精；偏激、浮躁就不能陶冶性情，年龄会同时间一起飞驰而去，意志会随着岁月一天天消逝，最后精力衰竭而学识无成，不被社会所接纳。到那时，悲哀地困守着简陋的房屋，再后悔也来不及了。

★关于诸葛亮的诗词

诸葛亮在中国历史上实在太有名了，后世的骚人墨客常以他为主题为文作诗，借以感怀抒情。以下几首便是诗圣杜甫的诗作：

古柏行

孔明庙前有老柏，柯如青铜根如石。
霜皮溜雨四十围，黛色参天二千尺。
君臣已与时际会，树木犹为人爱惜。
云来气接巫峡长，月出寒通雪山白。
忆昨路绕锦亭东，先主武侯同闷宫。
崔嵬枝干郊原古，窈窕丹青户牖长。
落落盘踞虽得地，冥冥孤高多烈风。
扶持自是神明力，正直原因造化功。
大厦如倾要梁栋，万牛回首丘山重。
不露文章世已惊，未辞翦伐谁能送。
苦心岂免容蝼蚁，香叶终经宿鸾凤。
志士幽人莫怨嗟，古来材大难为用。

蜀相

丞相祠堂何处寻，锦官城外柏森森。
映阶碧草自春色，隔叶黄骊空好音。
三顾频烦天下计，两朝开济老臣心。
出师未捷身先死，长使英雄泪满襟。

诸葛孔明

长星昨夜坠前营，讣报先生此日倾。
虎帐不闻施号令，麟台惟有著勋名。
空余门下三千客，辜负胸中十万兵。
好看绿阴清昼里，于今无复雅歌声。

咏怀古迹

诸葛大名垂宇宙，
宗臣遗像肃清高。
三分割据纡筹策，
万古云霄一羽毛。
伯仲之间见伊吕，
指挥若定失萧曹。
福移汉祚难恢复，
志决身歼军务劳。

★假如我是诸葛亮

看完了这本书，对智慧超群、品行高洁的诸葛亮很是佩服吧。来，试试把自己想象成诸葛亮，想想在这样的情况下，你会怎么办？

1. 我虽然知道刘备无法完成振兴汉室的大任，但他却再三邀请我出山辅佐，我应该怎么办？

2. 曹操大兵压境，只有孙、刘两家联合才能击退顽敌，但孙权朝中是战是降意见不一，我应该怎样说服他们？

3. 刘备、关羽、张飞是结拜兄弟，他们有时会因为兄弟之谊危害军国大事，我应该如何平衡这种关系？

4. 先主过世，后主才能有限；蜀国国力衰弱，魏国又虎视眈眈，我应该怎样筹划，才能完成统一大计？

5. 马谡虽有失街亭之过，但众将士都替他求情，军中也确实缺乏大将，我是否应按军法处置他？